쿠바에서는
사랑을 구걸하지 않는다

쿠바에서는 사랑을 구걸하지 않는다

뜨겁고도
도발적인
쿠바살이

장희주
지음

마음의숲

쿠바에서 사람들은 나를 '앙헬라'라고 부른다. 가톨릭 세례명이다. 쿠바에 사는 꼬레아나의 앙헬라. 사람들은 묻는다. 왜 쿠바에서 살고 있고 어떻게 쿠바 남자와 결혼을 했는지. 쿠바의 무엇이 좋은 것인지.

나와 쿠바와의 연은 어린 시절부터 시작된 것 같다. 아니 내 몸속에 흐르는 피는 이미 쿠바의 강렬한 햇빛을 그리워하고 있었는지도 모른다. 고등학교 때 선생님이 칠판에 피델 카스트로 사진을 붙여놓으며 이야기해준 쿠바. 그리고 우디 알렌이 피델 카스트로로 분했던 영화 〈바나나 공화국〉을 보면서 마치 살사 음악의 리드미컬한 비트처럼 나는 쿠바로 걸어가고 있었다.

피델 카스트로와 혁명가 체 게바라가 있는 나라. 헤밍웨이가 사랑한 카리브해, 올드카, 부에나 비스타 소셜 클럽, 모히또, 재즈…. 쿠바를 상징하는 비단 이런 것들 때문만은 아니었다. 지글거리는 태양 아래 농익은 살사 춤처럼 쿠바의 그 어떤 관능이 자석처럼 나를 끌어당겼다. 순박한 눈빛과 질박한 미소 그러면서도 타고난 흥쟁이의 나라, 작열하는 쿠바의 태양 속으로 내 청춘을 풍덩 던져버리고 싶었다. 쿠바로 배낭을 메고 무작정 떠난 이유다.

쿠바 공항에 도착해서 비행기 문이 열리는 순간 확~ 밀려들어오는 쿠바의 첫 냄새를 잊을 수가 없다. 본문에도 썼지만 그것은 쿠바만이 가지고 있는 고유한 향이었다. 쿠바노들이 음식에 자주 사용하는 갖가지 허브 향과 습하고 축축한 올드 하바나의 하수구, 사람들이 몸에 뿌리고 다니는 싸구려 향수, 올드카에서 뿜어대는 매연, 그리고 저 멀리 바다에서 불어오는 바람에 실려오는 밤의 재스민 꽃향기…. 이런 것들이 뒤범벅이 되어 훅! 후각으로 밀려들어 오는 순간 어떤 기억이 깨어나는 듯 물컹물컹 하면서도 눈물겹도록 정겨웠다. 익숙했다.

쿠바의 태양 아래서는 모든 것이 눈부시다. 그 어떤 불순물도 없는 카리브해의 공기에 씻겨나간 배경이나 풍경들은 존재하는 모든 것들의 색채를 생생하게 드러낸다. 사진작가들은 그 태양 아래 빛나고 눈부신 원색의 향연을 포착하고 싶어 한다. 나도 그랬다. 내 온몸 피부로 그 쿠바만의 향과 색채들이 달라붙었다. 알아 듣기도 어려운 쿠바 스페인어가 허공에서 날아다니고 눈부신 태양 아래 야릇한 쿠바의 공기를 마실 때마다 이상하게 가슴이 부풀어 올랐다.

이 책에는 쿠바에서 내가 살았던 열정의 청춘들이 고스란히 담겨있다. 미국의 경제 봉쇄로 쿠바는 지금 가난하고 어렵고 힘들고 많은 사람들이 쿠바를 떠나고 있지만 그래도 쿠바는 남아있다. 쿠바노들이 사는 쿠바는 강인한 섬나라다. 그런 쿠바에서의 삶이 문명과 달리 나를 원시적으로 더욱 깨어나게 한다. 없어서 불안한 것이 아니라 없어서 생겨나고 만들어지는 세상에 하나밖에 없는 내 것이 오히려 삶에 대한 자부심과 숭고함을 안겨준다.

쿠바의 삶은 아직 끝나지 않았다. 아무것도 하지 않은 것 같지만, 한편으로 지난날을 돌이켜 보니 오늘에 이르기까지 건강하고 유쾌한 나의 방식대로 구애받지 않고 살아왔다. 사랑과 자유를 나는 쿠바에서 배웠다. 이 책을 읽는 독자들에게 나는 쿠바노들의 대담하고 노골적인 관심의 표현처럼 쿠바노들의 문장으로 던져본다.

"당신의 눈만 있으면 어둠 속에서도 랜턴이 필요 없어요."

2024년

앙헬라 장희주 씀

차례

작가의 말 4

1부

불타는 쿠바, 정열의 불빛

그리운 쿠바 냄새 15

쿠바에서는 사랑을 구걸하지 않는다 19

마리포사, 쿠바 혁명의 꽃 25

쿠바 여자들은 자기 욕망에 당당하다 31

당신은 의사가 처방해준 약이에요 39

아바나의 상징이 된 슬픈 사랑의 심볼 47

쿠바노들만의 사랑의 기술,
히네떼로/라 53

벨키스와 시칸 61

쿠바에서는,
개나 고양이도 살사를 춘다 71

살사, 가르쳐 드릴까요? 77

지글거리는 태양 아래 농익은 춤 81

2부

매혹적인 쿠바의 눈동자

말레꼰의 노란빛 낭만 가로등 101

없어서 불안한 것이 아니라
없어서 만들어지는 나의 것 105

라이터 충전해주는 아저씨 111

모르는 것도 안다고 하는 사람들 115

쿠바에서는 아플 수가 없다 119

쿠바의 물부족 문제 127

쿠바에서 생활하려면
불편함을 감수해야 한다 131

쿠바에서 만난 시리아 여인 137

쿠바에서의 집짓기 143

닭이 벌어다 주는 돈 149

진짜 남자는 수프를 마시지 않는다 153

카리브해의 아름다운 정원
쿠바의 언어 159

3부

크리스탈 카브리해, 반짝이는 섬

노을이 지는 쿠바의 저녁 바다에서 수영 177

문득 쿠바의 바다에서 해녀로 살고 싶었다 183

실망도 태양빛에 녹아내릴 섬 193

쿠바에서 만난 무릉도원 199

쿠바의 빗방울 소리에는 원시 부족의 북소리가 살고 있다 205

쿠바에도 겨울은 있다 211

쿠바에 부는 사하라의 바람 215

쿠바노들은 허리케인보다 강하다 219

창문으로 불어오는 둥근 바람 225

4부

고통 끝에 피어난 아바나의 꽃

쿠바의 느린 시간 239

께 볼라(Que Bola) 245

자애의 마리아, 사랑의 신 오슌 249

미국의 쿠바 경제 봉쇄 정책 259

슬픔과 절망의 바다 269

쿠바노, 떠나는 자들 275

1부

불타는 쿠바,
정열의 불빛

그리운 쿠바 냄새

십여 년 전, 배낭여행으로 방문했던 쿠바. 밤늦게 도착했던 아바나의 거리는 칠흙 같았다. 그땐 말레꼰에 지금처럼 LED 가로등이 없었다. 어둠 속에 수런거리는 사람들의 그림자가 무서웠다. 지금은 대낮처럼 환한 중앙공원의 그 당시 첫인상은 전기가 끊긴 암흑 천지였다. 배낭족이었던 나는 배짱도 좋았다. 숙소(까사: 쿠바정부의 허가를 받은 민박의 형태)예약을 깜빡하고 하지 않고 새벽에 도착했다. 새벽의 어둠에서 까사를 찾아 헤매다 결국은 중앙공원 앞 오랜 역사를 지닌 '잉글라떼라 호텔'에서 하룻밤을 보냈다.

아침에 일어나 호텔 안에서 바라보는 창밖의 풍경, 난생 처음 보고 느끼는 태양빛이었다. 맑고 투명한 대기 속 사람들의 모습은 더욱 선명했고 거리의 소리들이 그렇게 생생하게 들리는 건 처음이었다. 공기 중의 모든 불순물을 걷어 낸 처음 접하는 민낯 같은 순수한 결정체만 남은 모습 같았다. 태양 빛에 가슴이 설렜다. 아침으로 먹고 있던 빵도 내던지고 그냥 거리로 뛰쳐나갔던 아바나, 그리고 나를 이끌었던 그 미묘한 대기의 향.

쿠바 공항에 도착해 비행기의 문이 열리는 순간 확~ 끼쳐 들어오는 쿠바의 첫인상을 기억한다. 그것은 쿠바만이 가지고 있는 고유의 향이었다. 쿠바를 잠시 떠나 되돌아올 때마다 쿠바에 도착했음을 상기시켜주는 이 야릇하고 그리운 쿠바의 향은 무엇인가. 막연하고 추상적이었던 쿠바의 향은 생활인으로서 쿠바에 살며 사람을 만나고 거리를 헤매며 인식하게 되었다. 그것은 사람들의 생활의 흔적과 쿠바섬의 자연이 어우러져 만들어낸 냄새였다. 쿠바에 살면서 나는 그 냄새를 분리하여 각각의 냄새가 어디에서 오는지 어렴풋이 알게 되었다.

쿠바 공항에 도착할 때마다 강하게 풍기는 향의 정체는 몇 년 후에 알게 되었다. 국영 상점의 청소 세제와 사람들이 먹는 음식에 들어있는 커민(꼬미노)과 알바까(바질) 등의 허브 향이 종합된, 습하고 축축한 올드 아바나의 하수구 냄새와 뒤섞인 싸구려 향수 냄새, 오래된 차에서 뿜는 매연 냄새, 저 멀리 바다에서 불어오는 바람에 알 수 없는 나무들과 꽃들의 향이 섞인 냄새.

외국에서 쿠바 공항에 도착할 때마다 비행기를 벗어나면서 느끼는 그 뜨거운 대기 속의 쿠바만의 향은 이제는 나에게 안도감을 준다. 집에 왔다. 나는 쿠바에 있는 것이다. 공항 건물을 빠져나와 택시가 기다리고 있는 곳에서 크게 심호흡을 하고 쿠바를 느낀다. 쿠바행 비행기를 타기 전 머물렀던 문명의 편리에서 멀리 떠나 투박하고 다듬어지지 않은 나의 삶의 둥지로 돌아왔다. 그 어느 나라에서도 느낄 수 없었던 쿠바만의 냄새가 주는 위안에 몸과 마음이 편안해진다. 바다와 태양, 구름, 하늘, 바람 등의 지배를 받는 곳에 도착했다. 이제서야 택시에 편안하게 몸을 기댄다. 눈을 감고 나는 충만해진다.

쿠바에서는
사랑을 구걸하지 않는다

'라그리마스 데 큐피도(Lagrimas de cupido)'는 '큐피트의 눈물'이란 꽃이다. 쿠바 전역에 지천으로 널려 있어 어디에서나 볼 수 있다. 붉은 빛깔의 꽃망울이 간신히 줄기에 매달려 금방이라도 툭! 눈물처럼 떨어질 것 같다. 그 꽃 모양은 사랑의 상심으로 눈물을 흘리는 모습으로 헤어진 연인의 절절함이 묻어난다.

라그리마스(Lagrimas). 스페인어로 '눈물'이다. 처음 이 단어를 알게 된 건 한국에서 플랑멩코 가수 '디에고 엘 씨갈로(Diego el Cigalo)'와 쿠바가 낳은 세계적 재즈 피아니스트인 '베보 발데스(Bebo Valdes)'가 함께 한 〈검은 눈물(Lagrimas negra)〉이란 노래를 통해서였다.

깊은 비애를 담은 디에고의 목소리와 어우러진 피아노의

선율은 사랑을 잃고 아파하는 그 마음에 가닿는 것 같았다. 십 여년전 쿠바에서 남편의 가족들이 모였을 때 내 폰에 담긴 이 음악을 재생했었다. 갑자기 모두들 떼창이었다. 당시 이 노래가 쿠바노들에게 그렇게 절절한 의미를 갖는 노래인지 몰랐다. 나이 드신 양반은 혼신의 힘을 실어 노래하며 가슴을 치기도 했다.

지난날 사랑의 아쉬움에 잠긴 듯한 모습. 자신의 감성을 드러내는 데 주저함이 없는 쿠바노들답게 모두들 눈을 감고 노래를 했다. 최신곡 좋아하는 젊은 아이들도 레게통의 야릇한 춤을 추다가도 이 음악이 나올 때 모두들 눈을 지그시 감고 까혼*(Cajon)을 때리는 흉내까지 낸다. 스페인의 감성에 우리와 비슷한 한의 정서가 있다고 들었다. '두엔데'. 예전에 김혜순 시인의 스페인 기행문에서 읽어본 적 있었는데 우울함과 슬픔의 정서가 집약된 스페인의 독특한 정서라고 했던 생각이 났다. 플랑멩코 댄서들의 짙은 슬픈 표정과 어둡고 우울한 그 슬픔의 정서. 가끔 쿠바 미술의 색채에서 만나는 우울한 색채들이다. 스페인 이주민들은 그들의 정서도 가지고 쿠바로 왔나 보다. 노래하

* 나무상자와 비슷하게 생긴 타악기. 주로 플라멩코 음악 연주에 쓰인다.

는 쿠바 시댁 가족들의 얼굴이 플라멩코 댄서들의 표정처럼 금방이라도 울음이 터질 듯 했다.

쿠바노들은 사랑에 빠져 있거나 사랑에 빠질 준비가 되어 있는 사람들이다. 숱한 삶의 좌절속에서도 사랑에 삶의 무게와 의미를 둔다. 옆집 아저씨도 할머니도 지난날의 사랑을 얘기하며 다시 올 사랑을 기대한다. 모두들 사랑에 있어서는 전문가들처럼 자신만의 철학을 피력한다. 그 철학은 자신의 삶의 경험에서 우러나온다. 들어보면 틀린 말이 하나 없다. 사실 사랑에 있어서는 모두가 전문가로 보이기도 한다. 처음 만난 사람들도 사랑에 대해 대화를 하면 저마다 자기의 입담을 과시하며 사랑을 논한다. 지나가다 본 가정법원 앞 담벼락에 써 놓은 낙서화이자 커다란 글씨체의 문구가 내 눈을 사로잡는다.

"쿠바에서는 사랑을 구걸하지 않는다."
쿠바에서 사랑은 어디에나 있다. 심지어 가정법원 앞 담벼락에까지. 한국의 거리에서 이렇게 자신만만하게 큰 글자로 사랑을 논한 걸 본 적이 없었다. 사랑은 구걸하는 것이 아니라 자유의지로 하는 것이다. 사랑할 때 우리는 자

유를 배운다. 그 자유로움 속에서 사랑은 깊어지고 커지는 것이다. 서로를 옭아매고 감시하는 사랑은 커질 수 없다. 사랑에 도덕적 책임감만 부여하고 서로 사랑하지 않는 관계에서는 사랑은 숨을 쉴 수가 없다. 나는 담벼락의 글을 보고 길에서 크게 웃었다. 짧은 문구에서 내가 아는 쿠바를 다시 느꼈다. 쿠바노들은 나이가 들어도 여전히 두근대는 심장을 확인하고 싶어한다.

한국에서는 사랑에 윤리적인 면에서 책임감을 강조한다. 특히 결혼생활에서 사랑의 감정이 퇴색해도 '의리'로 산다고 하는 커플들이 많은 우리 문화에서 쿠바노들의 그 뜨거운 감정의 격정을 이해하기는 어려울 수도 있다.

"남녀가 만나 함께 사는데 책임감이 중요한 것이 아니라 사랑이 중요한 것 아니야? 우리는 사랑에 책임감을 부여하지 않아."

사랑 없는 결혼생활을 이어가는 사람들에 대해 쿠바노들은 이렇게 말하곤 한다.

한국도 비혼주의가 늘어나고 있지만 쿠바는 일찌감치 경제적 문제와 주택 문제로 결혼을 하지 않고 파트너를 만나 생활한다. 일평생 많은 파트너를 만나는 사람도 있고 한 사람과 해로하는 사람들도 있지만 최근 쿠바도 삶이 팍팍해지다 보니 일정한 파트너 없이 생활하는 경우가 많아졌다. 사랑에 집중할 수 없는 SNS도 영향을 끼친다.

삶이 각박해지니 사랑에 의미를 두는 것이 쉬운 일이 아니다. 지난 몇 년간의 경제적 어려움으로 인해 쿠바노들의 그 열정적 사랑도 그 붉은 빛이 점점 퇴색되는 것 같아

아쉽다.

그래도 오늘 거리에 흐드러지게 핀 이 상심의 붉은 꽃망울이 내 안의 고운 음색을 지닌 음악과 감성을 다시 일깨운다. 큐피드의 상심을 담은 붉은 빛은 쿠바인들의 가슴에서 붉게 타오르고 사랑의 상심은 검은 눈물이 되어 흐른다. 그리고 못다 한 사랑에 대한 열정은 가슴에 그리움으로 남겨둔다.

나는 내 사랑을 지키러 쿠바에 왔다. 그리고 배웠다. 쿠바에서는 사랑을 구걸하지 않는다는 것을.

수많은 쿠바의 싱글맘들이 남자들 때문에 상처받고 울어도 그녀들은 말한다.
"눈물을 흘리는 건 내가 아니라 쿠바 남자들이어야 해. 아름다운 건 끝까지 나야. 무릎을 꿇고 내 앞에 와서 울어야 하는 건 남자들이고."

마리포사, 쿠바 혁명의 꽃

쿠바의 국화 '마리포사(Mariposa: 나비)'. 가을이 되면 어김없이 매주 화요일마다 자전거에 제철 꽃을 한가득 싣고 지나가는 아저씨. 나비처럼 하늘하늘 여린 꽃잎이 곧 떨어질 듯 위태롭다. 멀리서도 이 꽃의 향을 느낄 수 있을 만큼 매혹적이고 강한 향을 지닌 꽃 '마리포사'를 3층에서 내려다보며 아저씨를 부른다.

열대의 나라 쿠바에도 사계절은 있다. 계절이 바뀔 때마다 몸이 먼저 비염으로 반응을 한다. 미묘한 공기의 온도차. 코끝을 시큰하게 하는 바람이 불어온다. 마리포사의 철이 시작되는 가을 아침, 햇살을 받아 눈부시게 환한 마리포사를 한 다발 가슴에 안았다. 결혼 전에는 아우구스토가 이 꽃을 말아서 귀에 꽂아주었다. 아우구스토는 이

꽃이 쿠바의 국화가 된 이유를 설명해 주었다.

씨에라 마에스트라 산맥을 넘나들며 전투를 벌이는 게릴라들은 수세에 몰렸을 때 군사 암호나 기밀 정보가 담긴 종이를 돌돌 말아 마리포사의 꽃잎 속에 살짝 넣었다. 게릴라전에 함께 했던 쿠바나들은 한쪽 귀에 이 꽃을 꽂아 소중한 정보를 전달했다고 한다. 살포시 날아 앉은 나비 같은 꽃을 꽂고 사랑스런 자태로 정부군의 앞을 지나 소중한 정보를 전달했던 그녀들. 마리포사는 쿠바혁명을 승리로 이끄는 데 중요한 역할을 했고 혁명 정부는 이후 마리포사를 쿠바의 국화로 지정했다.

한국에서는 머리에 꽃을 꽂으면 정신이 온전치 않다고 농담처럼 말하지만 쿠바에서는 남자들이 길에서 꽃을 꺾어 여자들의 귀나 머리에 꽂아주기도 한다. 여성에 대한 사랑과 존중의 표현이다. 정신이 아득해질 만치 매혹적인 향기를 지닌 꽃에 스파이 쪽지를? 기발한 아이디어이기도 했고 그녀들의 용맹함(강인한 쿠바나들!)에 찬사가 나왔다. 꽃에 얼굴을 파묻고 강아지처럼 킁킁대고 눈을 감는다. 꽃향에 파묻히고 싶다고 아우구스토에게 말했다.

어느 날, 아우구스토는 쿠바 정부가 출시한 '마리포사 향수'를 사 왔다. 마리포사 향을 재현한 향수다. 재주도 좋은 조향사. 어찌 이 향을 만들어낼 수 있었을까. 이 향수가 시중에 풀리면 금방 동이 날 정도로 쿠바여인들에게 인기가 많다보니 눈에 띄면 두 상자씩 사 놓곤 한다. 그리고 마리포사의 제철이 돌아올 때까지 인위적인 향으로 꽃향을 음미한다.

밤늦게 손을 잡고 귀가하던 날, 그의 아파트 앞 밤의 미풍에 날리던 '하스민 데 라 노체(Jasmin de la noche: 밤의 재스민)'의 향에 취해 걸음을 멈추고 들숨을 크게 쉬는 내게 그가 말했다.

"내가 스위스에 있었을 때 밤바람에 섞여 불어오는 이 향과 쿠바 여인의 걸음걸이를 얼마나 그리워했는지 알아? 내가 얼마나 쿠바를 사랑하는지!"

나는 말간 눈으로 그를 바라보며 생각했다.

'봄밤처럼 포근하게 감싸주던 밤의 재스민에 취한 지금 이 순간을 기억할 거야.'

한낮에는 향을 가득 품고 있다가 밤이 되어 바람이 살짝 불어 올 때, 그때 밤의 재스민은 품고 있던 향을 터뜨린다. 뜨거운 여름밤이었지만 포근했다. 꿈을 꾸는 것처럼 나른한 기분이 드는 밤이었다. 아우구스토의 플라야 지역의 아파트에서는 순번을 정하여 밤에 동네 불침번을 돈다. 그의 순서가 되면 나는 순찰을 도는 그의 손을 잡고 동네를 한 바퀴 돌았다. 그리고는 우리는 가끔 그 재스민 나무 밑에 앉았다. 가끔 그가 나무 밑에 앉아 아무 말도 하지 않고 게임에 열중할 때도 그렇게 무더운 밤이었는데도 스치듯 불어오는 밤의 미풍 속의 꽃향기에 취해, 모든 감각을 열어 기억 속에 소리와 꽃향기를 포획하고 싶어 침묵했다. 그 이후로 쿠바에서 밤의 재스민 나무 밑을 지날 때면, 한참을 서서 꽃의 향을 음미한다. 밤의 미풍에 흩날리는 밤의 재스민의 꽃잎과 밤의 재스민 나무 아래 풋풋했던 시절의 아우구스토와 나를 기억한다. 이국적이었고, 완벽했던 침묵 속에서 앉아 있는 두 사람.

부엌에 마리포사를 꽂아 놓는다. 요리조리 바라보고 눈을 감고 향에 취한다. 가슴에 품고 싶고 기억하고 싶다. 언젠가 쿠바를 떠나게 되면 가슴으로 향을 떠올리고 어디에서도 맡을 수 없는 이 마리포사의 향기를 그리워하겠지. 때로는 사라지는 것들이 감당하기 어려워 눈물이 핑 돈다. 언젠가 나이가 더 들고 오랜 시간 후에 쿠바를 찾는다면 나도 아우구스토처럼 말할 것이다.

"문을 열고 집에 들어설 때마다 환한 미소처럼 은은하게 번지는 마리포사의 향과 봄밤처럼 포근하게 감싸주는 향을 지닌 밤의 재스민을 얼마나 그리워했는지 알아? 내가 쿠바를 얼마나 애증하는지!"

쿠바 여자들은 자기 욕망에 당당하다

특별하게 할 일이 없는 날은 창가에 붙어 서서 행인들을 바라본다. 쿠바 남자와 결혼해서 아바나의 시댁에 잠시 살았을 때 가끔 시아버지와 문간에 앉아 거리의 행인들을 구경하곤 했다.
아바나의 거리풍경을 찍은 사진들을 보면 집 앞에 나와 앉아 있거나 창가에 기댄 쿠바노들의 모습이 많다. 사진만 안 찍혔다 뿐이지 시댁에 살 때 낮시간의 일부를 나는 그렇게 보냈다.

쿠바에서 거리를 지켜보고 사람들을 관찰하는 일은 삶과 밀접한 관련이 있다. 거리의 분위기를 통해 현재 무슨 일이 벌어지고 있는지 알아차려야 하기 때문이다. 이웃들이 장을 보고 물건을 사들고 지나갈 때, 그 물건의 가격과 구입처 등을 물어볼 수도 있고 거리의 소란의 원인이나 정치적 이슈 같은 중요한 정보들은 모두 거리에서 나오곤 한다. 쿠바 뉴스에서 정치적 선전물 외에 사건 사고를 다루는 걸 좀처럼 보기 어렵기 때문이다. 집에서 편안히 앉아 재택근무를 하며 '줌'으로 일을 하는 일은 좀처럼 쿠바에서는 일어나지 않는다. 그들은 뜨거운 태양 아래 사람들을 직접 만나고 발로 뛰는 일을 한다.

틈이 날 때마다 나는 시댁 문 앞에 앉아 쿠바노들을 관찰하였다. 사람들을 관찰하는 일은 앉아서 책이나 영화를 보는 것과는 다른 생생한 즐거움을 주었다. 이웃들의 모습을 통해 쿠바노들의 말하는 방식과 옷차림, 그 독특한 외모를 구경하느라 지루할 틈이 없었다. 그중에서도 바라보는 이들을 가장 매혹시키는 것 중 하나는 '쿠바 여인네들의 걸음걸이'였다. 그녀들은 거리의 남자들이 자신들을 주시하고 있다는 것을 알고 있는 것 같았다.

쿠바나들은 남자들과 눈이 마주쳤을 때 눈길을 피하지 않았다. 쿠바 남자들 역시 쿠바나들의 시선과 그 눈빛을 쫓는다. 때로는 느긋하게, 때로는 빠르게 잡힐 듯 멀어질 듯,

눈빛은 숨 가쁘게 오고 가지만 대화를 할 때는 여유 있는 모습을 보여주는 그녀들이었다.

저 자신감은 어디서 나오는 것일까? 쿠바나들은 대부분 자신이 섹시하다고 생각한다. 그 과감함과 대범함, 주저함 없이 남자들의 혼을 들었다 놓았다 하는 쿠바나의 걷는 모습은 마치 춤을 추는 것만 같았다. 오랫동안 바라봤을 때 느껴지는 리듬과 선율.

쿠바에서는 이런 여인네들의 걸음걸이에 담긴 리듬을 '산둥게라(Sandunguera)' 혹은 '산둥가(Sandunga)'라고 한다. '산둥가'는 아프리카에 기원을 둔 쿠바 리듬의 일종이지만 그 매력적인 리듬은 쿠바나의 걸음걸이를 독보적으로 만들어 준다. 그녀들에게 허공은 마치 물결 같다. 자연스럽게 물결을 타고 인어처럼 미끄러지듯 걷는 걸음. 어디에서도 본 적 없는 걸음걸이는 상당히 유혹적이다. 허공중에 흐르는 리듬을 타며 골반을 가볍게 흔드는 매혹적인 걸음걸이다.

볼록한 가슴과 잘록한 허리 그리고 눈이 튀어나올 만치

굴곡진 몸매로 걸어 다닌다. 사람들의 시선에도 아랑곳 않고 춤을 추듯 걷는 저 걸음걸이는 도대체 어디서 배운 걸까? 눈을 내리깔고 "따라올 테면 따라와봐", "나를 잡아 봐. 하지만 쉽게 잡혀주지 않아"라고 무언의 눈길을 주는 쿠바나들.

쿠바 애니메이션 영화 〈치코와 리타〉에서 보여주는 쿠바나 리타의 매혹적인 몸짓과 눈빛은 실제 쿠바나들의 몸에 밴 리듬과 자신감을 잘 형상화했다.

그렇다고 모든 쿠바나가 콜라병 몸매를 가지고 있는 것도 아니고 황홀한 걸음걸이를 가지고 있는 것은 아니다. 그렇지만 자기만의 독특한 리듬이 걸음걸이에 녹아 있다. 여인들의 탄력 넘치는 몸은 적당히 그을린 피부와 조화를 이루며 햇빛 속으로 걸어갈 때면 마치 빛을 튕겨 내는 것 같다. 트로피컬*(Tropical: 열대지방)의 뜨거운 태양빛 아래 자신만만한 모습으로 걸어가는 쿠바나들 피에 흐르는 아프리카 리듬 '산둥게라(Sandunguera)!' 말이다. 그 걸음걸이에서 나는 보았다.

* 북아메리카와 남아메리카의 사이. 카리브해의 섬나라.

그녀들은 당당했고 자기 욕망에 충실했다. 한국에서 내가 성장하던 시기에는 자기 검열을 했어야 했다. 쿠바나들은 사회적 눈치를 보지 않고 원하는 것을 당당하게 표현하는 데 주저함이 없었다. 그 누구도 그런 그녀들을 사회적 잣대로 비판하지 않았다. 여성의 성적인 욕망에 대한 담론을 금기시했던 시대의 우리 부모님들은 딸들에게 조신하게 성장해 안정적인 직업의 남자를 만나 결혼하여 정착할 것을 이상적으로 가르치셨다. 삶은 자기 자신을 찾는 끝없는 여정이며 자신을 던지지 않고서는 그 여정에서 본연의 자신을 찾는 것이 어렵다는 가르침을 학교에서는 배운 적이 없었다. 삶의 주인이 되어 살라는 가르침보다 좋은 남자 만나 그 남자의 그늘에 안주하는 삶을 권장하는 것이 우리 부모님 시대의 통념이었다. 이런 분위기 속 엄마와 딸이 성적 욕망에 대한 대화를 할 수 있었겠는가. 남성에게 먼저 자신의 성적 욕망을 표현하는 것을 경박하게 여기는 분위기에서 성장한 나는 쿠바나들이 적극적으로 자신의 욕망을 표현하는 것에 놀랐다. 그것은 금기시되는 것이 아니라 인간으로서 자유로운 의지의 발현이었다.

처음에는 관능적으로 보였던 그녀들의 걸음걸이에서 나

는 이제 생활을 본다. 타고난 리듬감이 조화를 이룬 걸음에는 새벽부터 일어나 직장으로 바삐 움직이는 빠른 리듬감이 한낮의 땡볕 아래 무료한 듯 걷는 걸음에는 다소 늘어진 리듬이, 그리고 음식을 구하거나 버스를 놓치지 않기 위해 힘겹게 내닫는 걸음에서는 삶의 무게가 실린 리듬감 말이다. 그러고 보니 쿠바노들의 삶에는 항상 리듬이 흐르고 있다.

관광객들이 사진에 담곤 했던 '집 앞에 앉아 있는 쿠바 사람들'은 고로 무료할 틈이 없다. 거리에 나와 앉아 있으면서 나는 한 번도 무료함을 느껴본 적은 없었다. 인종의 용광로답게 수많은 인종들이 저마다의 사연을 풀어놓으며 이웃과 대화를 하는 몸짓과 목소리, 아이들이 가지고 노는 생전 처음 보는 수제 장난감, 도르레로 피자를 사거나 물건을 사서 올리는 아주머니들의 원피스와 머리 장식. 한 무리의 남자들이 지나가며 오토바이를 타고 가는 남자들에게 "께 볼라 아세레(Que Bola! Asere: 안녕)!"라며 허세가 깃든 목소리로 인사하는 소리 등을 만날 수 있으니 말이다.

시대에 살던 그때는 센트로 아바나의 풍경들은 낯설었지만 가슴 뛰는 설렘이 있었다. 살아 있는 사람들을 보는 것 같았다. 삶에 대한 의지와 열정으로 그들의 생명력은 거리 곳곳을 살아 있는 기운으로 채우고도 남았다. 살아 있는 생명체들이 자기를 뽐내며 걸어가는 모습이 그렇게 눈이 부신적은 없었다. 그토록 많은 좌절 속에서도 쿠바노들은 자기의 리듬을 잃지 않고 앞으로 걸어가는 강한 사람들이었다. 아프리카에서 온 산둥가의 리듬은 이들을 앞으로 나아가게 하는 긍정의 힘을 가진 야릇한 리듬이다.

PASO DE
CARRETILLAS
VIBES

당신은 의사가 처방해준 약이에요

배낭여행으로 쿠바를 찾았을 때였다. 공항에 도착하자마자 공항에서 일하는 쿠바 남자들의 노골적인 시선을 느꼈다. 눈을 마주쳐도 피하지 않고 나의 눈을 똑바로 쳐다보고 스페인어로 뭐라고 속삭였다. 관광지를 걸을 때도, 식당에 가도 쿠바 남자들은 끊임없이 뭐라 속삭이며 옅은 미소를 보이기도 하고 부드러운 눈빛으로 바라보며 지나쳐갔다. 시간이 흐르고 나중에서야 그들이 내게 건넸던 말들이 귀에 들어오기 시작했다.

"아름다운 치나*."

"당신의 남자친구가 되어 줄게."

"당신은 너무나 달콤해 보여서 당신을 바라보는 것만으로

* 동양여자를 지칭하는 말.

도 살이 찔 것 같아.”
한국에서는 자칫 성희롱으로 간주될 수 있는 문장들이 거리에 넘쳐났다. 그들은 허공으로 흩어질 의미 없는 말들을 무심히 내뱉고 아무렇지도 않게 자기 길을 갔다.

큰 길가를 걸을 때 클락션 소리가 나서 뒤돌아보면 차들이 서행을 했다. 호기심으로 눈을 마주치고 싶어 괜히 클락션을 울린 것이었다. 심지어 하루 이틀 병원에 입원을 했을 때도 남자 간호사들은 내 손등에 키스를 하고 온갖 찬사로 아침 인사를 대신하기도 했다. 처음에는 내가 외국 여자라서 호기심이나 어떤 의도를 가지고 접근을 하는 줄 알고 겁이 났다. 나는 바짝 경계를 하고 가방을 가슴에 끌어안거나 눈을 흘기기도 하고 쌀쌀맞게 대꾸를 하기도 했다. 그러나 시간이 흘러 쿠바의 문화에 적응이 되기 시작하자, 외국인뿐만 아니라 쿠바 여자들에게도 쿠바노들이 과감하고 대담한 문장들을 구사한다는 것을 알았다.

쿠바에서는 이러한 찬사를 ‘피로포(Piropo)’라 부른다. 스페인에서 들어온 이 문화는 라틴 문화의 일부분이다. 모로코나 스페인, 이탈리아 등지에서도 ‘캣콜링(Cat calling)’

이라 불리며 남성이 여성들의 관심과 눈길을 끌기 위해 다양한 표현을 사용한다.

스페인에서 온 문화인 피로포는 옛 시절에는 낭만이 넘치는 시적인 표현들이 많았다. 그 시절, 문학적 감수성이 충만한 그들의 피로포는 여성에 대한 존중의 의미로 사용하기 시작했다고 한다.
"당신이 걷는 것처럼 요리를 한다면 나는 솥의 누룽지까지 긁어먹을 거요."
"햇빛 아래 걷지 말아요. 봉봉(당신 또는 달콤한 초콜릿)이 녹아버릴 수 있으니까."
"예쁜이, 당신의 눈만 있으면 어둠 속에서도 랜턴이 필요 없소."
"이봐요, 당신은 의사가 처방해 준 약이오."
"원래 향이 짙은 향수는 작은 병에 담는 법이지*."
"까삐탈리스타**!"
피로포를 통한 유혹의 기술에는 어떤 조건도 개입되지 않는다. 신분과 계층, 경제력의 유무 등은 중요치 않다. 피로포를 통한 유혹은 생각의 잔가지를 쳐내고 대상은 오직

* 키가 작은 여자들에게 하는 표현.
** 자본주의자처럼 대중을 억압하는, 당신을 향한 나의 욕망을 억압하지 말라는 표현.

남자와 여자로서만 존재한다. 거절에 대한 두려움은 없다. 쿠바노들은 여성들에게 적극적으로 자신의 호감을 표현하고 호감이 받아들여지지 않는다고 해서 쉽게 분노하지 않는다. 거절에 대한 노여움과 부끄러움 없이 자신의 감정을 맘껏 표현하며 상대의 감정을 존중한다. 때로는 그것을 쫓고 쫓기는 게임이라 생각하고 여자들이 게임을 어렵게 만들면 더욱 열광하기도 한다.

이러한 구애와 거절, 받아들임 등은 아프리카에서 넘어온 그들의 춤사위 '룸바'에도 잘 드러나 있다. 룸바의 동작들은 쿠바노(쿠바남자)들의 적극적인 구애의 방식을 춤으로 표현한 것이다. 밀고 당기는 그들의 무언의 언어가 리듬 속에서 춤으로 승화된 것으로 유혹과 구애를 잘 구현한 쿠바문화를 표현한 춤이다.

처음에 피로포에 겁을 먹고 날이 선 것은 한국에서는 접해보지 않은 문화였기 때문이었다. 말랑말랑한 문학적 감수성과 재치 넘치는 문장들, 한국인인 내게 스페인어 단어와 문장에 설탕을 입힌 것처럼 달디단 그 언어의 진의를 파악하기란 쉽지 않았다. '찬사를 늘어놓다가도 길모

통이를 돌아 다른 여자들에게 같은 말들을 구사하는 것은 무슨 의미란 말인가'라고 생각한 적도 있었다. 피로포의 진의를 파악하려 하고 의미를 부여하는 것은 별 의미가 없다. 피로포는 순간순간 피어나는 아름다운 꽃일 뿐. 쿠바노들은 그 꽃을 여성에게 전달하고 총총히 사라지기도 한다. 외국 관광객들 중에는 피로포 문화를 잘 몰라 성희롱이라며 당황하는 경우도 있지만 이국적이고 낯선 거리에서 듣는 피로포를 통해 잊고 있었던 여성성이 깨어나는 것 같다고 하는 관광객들도 있었다.

피로포는 커플들끼리 주고받는 찬사이기도 하다. 조금 무뚝뚝한 쿠바 남편을 만나 1년에 몇 번 듣는 그의 피로포는 휘파람과 윙크와 만났을 때 시너지 효과가 난다. 피로포의 삼박자가 딱딱 맞는 셈이다. 막 외출 준비를 끝낸 나를 바라보며 휘파람과 더불어 윙크를 날리고 피로포를 속삭이면 평면적이고 단조로운 생활의 리듬에 스타카토로 변화를 주게 된다. 그의 피로포도, 혼자 거리를 걸을 때 들려오는 찬사에도 이제는 손발이 오그라들지도 쑥스럽지도 않다. 부부가 생활인으로 살며 잠시 잊고 있었던 서로에 대한 피로포는 밋밋하고 싱거운 삶에 양념과 활력이 되기도 한다.

쿠바 여자들은 어린 시절부터 피로포를 듣고 자랐다. 외모가 어떻든 그녀들의 아름다운 장점들을 용케 잘 찾아내는 쿠바노들은 아낌없이 그녀들을 향해 찬사를 보내곤 했다. 피로포의 문화에서 자란 쿠바나들은 자신감이 넘친다. 남자들은 적극적으로 구애를 하고 여자들은 우아하게 받아 치거나 즐긴다. 그녀들이 거리를 걸을 때면 여기저기서 들려오는 휘파람 소리, 남자들의 노골적인 표현이 넘쳐난다. 피로포에 익숙해져 살던 그녀들은 외국에 나가 살면서 가끔 생활의 활력을 느끼게 해주는 피로포 문화가 그립다고들 했다. 그녀들이 문명화된 사회라고 느끼는 외국의 거리들은 무미건조한 거리라며 긴장감이 없다고들 했다.

당당한 모습으로 걷고 있는 쿠바나를 유혹하기 위해 친구들 앞에 호기롭게 나서는 쿠바노. 그녀를 향해 피로포로 구애를 하지만 거절을 당하고 쑥스럽게 웃는 그. 뒤에서 한 무리의 친구들이 거절당한 쿠바노를 큰 웃음으로 놀린다. 그리고는 그 여성을 향해 휘파람을 불며 환호하기도 한다. 급할 일이 별로 없는 쿠바에서 거리를 걷다 보면 흔히 볼 수 있는 풍경이다. 그래서 아바나에서는 도시의 건조함, 황량함을 찾아볼 수 없다. 모든 것이 낡아 페인트칠이 벗겨진 건물과 도로 곳곳의 아스팔트가 구멍이 뻥뻥 뚫려 그야말로 외관은 나이 많아 무기력한 도시처럼 보일지라도.

사랑이 넘치는 거리 아바나.
남자들과 여자들이 존재하는 곳.
이웃집 아줌마도 옆집 할머니도 앞집 청년도 모두가 거리에서는 남자이고 여자인 곳.

인종의 다양성으로 인해 외모도 다양한 모습이라 한국에서 늘 접해왔던 획일화된 미의 기준으로 쿠바노들을 바라볼 수는 없다. 한국의 미의 관점에서 볼 때 미인의 모습과는 거리가 먼 여성들도 자신감이 넘쳐 흘렀다. 한국에서 '근거 없는 자신감'이라고 폄하하는 외모라도 쿠바나들의 당당함, 그것을 알아보는 쿠바노들의 찬사가 근사하다. 획일적인 패션과 마른 몸에 대한 찬사, 같은 스타일의 메이크업은 쿠바에서는 있을 수 없는 일이다. 그 다양성에 익숙한 쿠바의 남자들은 쿠바나의 아름다움에 대해 늘 칭찬을 아끼지 않는다.

한 쿠바 친구는 유럽이나 다른 나라에서 온 여자들도 아름답지만 쿠바나의 아름다움이 돋보이는 것은 튼튼한 다리라고 해서 흠칫 놀란 적이 있었다. 마르고 연약한 몸이 아니라 일을 하고 많이 걸어서 건강한 다리. 그 건강한 아름다움이 마음에 든다고 했다. 아름다움의 가치가 다양한 쿠바에서는 누구나 아름다울 수 있다.

잠시 스쳐가는 사람들에 대한 피로포뿐 아니라 친구나 이웃들이 나의 변화를 알아채고 관심을 가지고 칭찬을 해주는 것은 지루한 일상에서 큰 활력이 된다. 공연을 보러 갈 때 차려입고 나서기라도 하면 이웃들이 오늘 멋지다며 어디 좋은 데 가냐고 묻는 기본적인 것부터 순발력 있는 재치로 칭찬을 해줄 때는 기분이 좋아지는 것은 사실이다. 그래서인지 쿠바를 잠시 떠나 있으면 그들의 거리가, 그 특유의 긴장감과 활기가 이내 그리워진다.

아바나의 상징이 된 슬픈 사랑의 심볼

아바나 모로 요새에 앉아 바라보는 건너편에는 '레알 푸에르싸(Real fuerza)' 요새가 있다. 아바나를 찾는 관광객들도 잘 모르고 지나치는 아바나의 수호상이자 사랑의 상징 '라 히라디야(La giradilla)'. 아바나 아르마스 광장의 '레알 푸에르싸' 요새의 돔 위에는 청동으로 만든 조각품 라 히라디야가 서 있다. 5세기 전 이미 도시의 상징이 된 이 청동 풍향계는 조각가 헤로니모(Geronimo)가 아바나의 총독이었던 소토(Soto)와 이사벨(Isabell)의 사랑에서 영감을 받아 제작했다. 그리고 지금은 아바나, 도시의 심볼이자, 수호자가 되었다.

1538년, 스페인의 카를 1세는 '에르난도 데 소토'를 쿠바와 플로리다의 장군으로 명했다. 소토는 해적으로부터 아

바나의 만을 지키기 위해 그의 아내 이사벨과 함께 성에 거주했다. 어느 날 그는 황금과 각종 진기한 보물을 찾기 위해 900명의 병사 9척의 배를 꾸려 플로리다로 떠났고, 그의 아내에게 아바나를 맡겼다.

역사적 문서에 따르면 소토는 미국의 여러 지역을 여행했고, 조지아와 앨라배마를 건너 미시시피강을 발견했다. 그 당시 강 근처 '영원한 젊음의 샘'이 있다는 전설이 내려왔고, 소토는 그것이 그에게 무한한 부를 가져다줄 것이라고 믿었기 때문에 이 귀중한 보물을 찾고 싶었다. 원정대를 이끌고 아내를 아바나에 두고 떠났다.
영원히 젊어진다는 전설의 슬픈 운명 때문이었을까. 치명적인 열병으로 인해 소토와 그들 일행 대다수가 아바나에 돌아오지 못하고 죽었다.

그 당시의 기록에 따르면 소토의 사랑스러운 아내인 이사벨은 아바나만의 수평선을 바라보며 돌아올 남편의 배를 기다렸다고 한다. 하지만 남편의 배는 끝내 돌아오지 않았고 그녀는 남편의 소식을 모른 채 상처받은 마음으로 죽었다고 한다.

몇 년 후, 스페인 카나리아 제도의 예술가인 헤로니모 마르틴 피종(Gerónimo Martín Pinzón)은 이사벨의 변치 않는 사랑을 기리기 위해 조각상을 만들었다. 그리고 아바나의 총독 후안 비트리안 비아몬떼(Juan Bitrián Viamonte)는 그녀의 동상을 청동으로 주조하고 성의 탑 꼭대기에 풍향계로 만들었다.

멀리 바다를 통해 아바나로 들어오는 배에서도 볼 수 있는 요새의 성탑 꼭대기. 바다를 향해 열쇠를 지탱하고 서 있는 여인의 모습은 곧 쿠바의 수도 아바나의 상징이 되었다. 아바나의 상징 이사벨은 아바나 곳곳에서 눈에 띈다. 사탕수수를 증류해 만든, 쿠바노들의 자부심이 녹아 있는 세계적 명성의 쿠바 럼주 '아바나 클럽'의 병에도 이 여인의 모습이 들어가 있으며 아바나 시내버스에도 그려져 도시 곳곳을 누빈다. 쿠바노들이 열광하는 스포츠인 야구는 지방마다 유니폼과 상징물도 다른데 아바나 '인두스투리아(Industria)'팀의 유니폼에서도 라 히라디야의 모습을 볼 수 있다. 지방에서 아바나로 들어오는 고속도로에서 '아바나에 들어오신 걸 환영합니다'라는 커다란 그림으로 반기는 라 히라디야. 2019년 아바나 건립 500주년을 기념

하는 해에는 아바나 어디에서든 그녀의 로고를 만날 수 있었다.

한쪽 손으로 지탱하고 있는 것은 쿠바의 지리적 위치를 상징하는 열쇠이다. 쿠바 여권의 엠블럼으로 쓰이는 이 열쇠는 쿠바가 지리적으로 남미와 북미 사이 길목의 열쇠 역할을 상징한다. 이 캐리비안의 열쇠, 그 상징성 때문에 미국은 남미로 진출하는 길목의 열쇠인 쿠바를 차지하고 싶어 쿠바섬의 매입 의사를 밝히기도 했었다.

아바나의 만이 내려다 보이는 곳에서 기약 없는 기다림에 애를 태웠던 이사벨의 이야기는 우리에게 친숙하다. 우리나라 고전 문학 속에서도 행상 나간 남편을 기다리며 염려했던 백제의 노래 〈정읍사〉가 있고 망부석 설화에서 모티브를 가져온 서정주의 시 〈신부〉와 조지훈의 〈석문〉이 그 예다. 역사 속에서 떠나는 자는 남자이고 기다리는 자는 여성이라는 전형적인 역할에 대한 불평은 뒤로 하고, 영겁처럼 느껴지는 기약 없는 시간의 기다림을 견뎌냈을 그녀들에게 역사는 사랑의 인내와 기다림의 상징으로서의 역할을 부여했다.

사랑의 본질은 기다림일까. 사랑은 때로는 기다림에 의해 완성되기도 한다. 이사벨은 남편을 떠나보내고 바다를 바라보며 늘 그리움에 잠겼을 것이다. 그리고 오늘날 쿠바노들에게 그녀는 영원히 기억될 '사랑의 상징'으로 남았다.

한때는 해적들이 들끓기도 했고, 바다를 통해 도시를 약탈하거나 지배하려는 이들이 떠나고 들어오기도 했던 아바나. 부침이 많은 역사 속에서 의연하게 한 손으로 열쇠를 짚고 바다를 바라보고 서 있는 그녀의 사랑은 아바나의 요새만큼이나 견고하고 단단했다. 성곽도시 아바나에서 아르마스 광장의 낭만을, 아바나의 사랑을 기억하고 싶은 이들이여, 라 히라디야를 보러 가시라. 바다를 통해 들어왔던 해적들도 멀리서 그녀의 모습을 바라보면서 아바나를 만났을 것이다. 그리고 곧 만날 미지의 섬 쿠바를 바라보며 느꼈을 설렘을 상상하시라. 해적이 들끓고 거칠었던 성곽도시 옛 아바나를 기억하게 해줄 라 히라디야의 낭만을 꿈꿔 보시라.

쿠바노들만의 사랑의 기술,
히네떼로/라

'엘 페리오도 에스페샬*(El Periodo Especial)'을 거치면서 쿠바 경제는 사실상 정부의 월급으로는 생활이 불가능한 상태가 되었다. 정부에서 주는 월급은 달러로 환산하면 적게는 10~60달러 정도였다. 이 급여로는 자본주의 국가에서 수입되는 공산품을 사는 것은 불가능하다(대부분의 공산품은 수입되며, 쿠바섬 밖의 물가와 비슷한 수준이다).

젊은이들은 마땅히 일할 만한 자리가 없다. 혁명을 이루었던 세대들은 자신들이 받아들인 시스템에 순응하며 산다고 해도 젊은이들은 인터넷의 영향으로 세상을 보는 시각이 달라졌다. 쿠바 젊은이들도 세상의 젊은이들처럼 세

* 비상시기 또는 특별시기(1991~1995년)로 구소련의 붕괴로 원조를 받았던 쿠바가 경제적으로 어려웠던 특정 시기를 말한다.

상과 자유롭게 소통하고 여행도 하고 꿈을 향해 도전도 해보고 싶다. 그러나 쿠바의 시스템은 젊은이들에게 이런 기회를 주지 못한다. 그들은 살기 위해 조금 쉬운 방법을 선택한다. 바로 '유마' 또는 '페페'라 불리는 외국인을 상대하는 일이다. 이들을 쿠바에서는 '히네떼로/라(Jinetero/a)'라 부른다.

히네떼로/라는 원래 '말을 타는 사람'이라는 뜻이다. 기수가 말을 탔을 때 말은 기수가 내리기 전까지 계속 달려야 한다. 만약 기수를 떨어뜨리고 싶으면 말은 몸부림을 쳐야 한다. '히네떼로'는 여기서 기인한 단어다. 외국인이 말이 되고, 히네떼로가 기수가 된다. 쿠바노가 맘을 먹고 관광객들에게 접근하면 능수능란하게 외국인을 조종한다. 기수가 원하는 대로 말은 달린다. 쿠바노들은 그 특유의 친절함과 개방성을 무기로 원하는 대로 관광객들을 길들인다.

쿠바에서 쿠바노들은 누구나 마음만 먹으면 '히네떼로/라'가 될 수 있다. 가볍게는 외국인을 대상으로 가격을 부풀리거나 거리에서 시가를 팔고 술집의 브로커 역할로 돈을 벌 수 있다. 특히 관광객들의 하룻밤 연인이 되어주면 상당히 많은 액수를 벌 수 있으니 한 달 동안 국영기업에서 힘들게 일하는 것보다 나은 돈벌이다. 상황이 어렵다 보니 달러가 필요하고 달러를 벌려면 외국인을 상대해야 했다. 좋든 싫든 외국인과 연관이 있는 일들은 돈이 된다는 걸 깨달은 쿠바노들은 더 이상 힘들게 일하고 싶어 하지 않았다. 그들은 장기적으로 외화를 조달할 수 있는 방법이 외국인 남자친구나 여자친구를 만드는 일이라는 것을 알고 있다. 쿠바에 자신의 남자친구나 여자친구가 있어도 새로운 유럽의 파트너를 만나 도움을 받을 여지를 남겨둔다. 관계를 나쁘게 끝맺는 건 이들이 별로 좋아하는 방식이 아니다. 관계는 늘 여지를 남겨두어야 닥쳐올 미래를 대비할 수 있다.

나이 많은 관광객이든 젊은이들이든 하룻밤 카리브해에서의 낭만적 사랑을 원한다. 히네떼라를 관리하는 남자는 '출로*(Chulo)'라 불리운다. 여자를 이용해 돈을 벌고 그 돈으로 생활하는 남자들을 부르는 말이다. 쿠바 정부는 한때 쿠바노들이 호텔에 묵지 못하도록 했고 외국인과 다니는 것을 규제하기도 했었다. 사회주의 국가 쿠바의 위상

* 포주.

을 생각해서 경찰을 동원하여 단속을 심하게 하던 시절에 말이다. 그래서 히네떼로/라들은 관광객이 자주 가는 살사바에 주로 상주해 있다. 한번은 쿠바 친구들과 함께 살사바에 갈 일이 있었는데 살사를 신청한 쿠바노가 어디에서 왔냐고 물었다. 나는 '쿠바에 살고 있다'라고 했는데 그 사람은 아무 대꾸도 하지 않고 그냥 가버렸다. 쿠바에 산다는 그 이유로 그에게 나는 비즈니스 대상으로 실격인 셈였다.

출구 없는 쿠바의 암울한 미래를 생각하면 아바나는 시골 젊은이들에게 기회의 공간이다. 새로운 환경에 대한 호기심, 그리고 일을 할 수 있는 기회를 얻기 위해 젊은이들은 스스로 '히네떼로/라'가 되는 선택을 하기도 한다.
쿠바노들의 경제적 척도는 '외국인과 관련된 일'을 하느냐, 혹은 '외국에 가족이 있어 송금을 해주는가'가 매우 중요하다. 외국에서 가족들이 송금을 해주지 않는 경우 오직 그들의 화폐인 '페소 쿠바노'로 달러 없이 생활을 감당한다는 것은 어려운 일이다.

히네떼로/라들은 외국인들과 관계를 맺으면 자신이 원하

는 것을 얻어내는 방법을 확실히 알고 있다. 궁극적인 목적은 외국인과 결혼하여 쿠바를 떠나는 것이다. 외국에서 영주권을 받고 치열하게 그 사회에 편입되기 위해 사는 쿠바노들도 많은데, 쿠바에 있는 가족들을 쿠바 밖으로 데리고 나갈 수 있고 쿠바에 송금을 할 수 있기 때문이다. 그들의 이웃이나 지인들은 히네떼로/라라고 해도 도덕과 윤리라는 잣대로 쉽게 비난할 수 없다. 그것은 외국인과 관련된 쿠바노들의 일종의 연대 의식이다. 쿠바노들이 외국인을 상대해서 이익을 창출할 때는 그들은 한배를 탄 것 같이 보였다.

쿠바에서 거주하는 시간이 길어지면서 쿠바의 어두운 일면이라 생각했던 '히네떼로/라'가 되는 일은 그들의 문제를 쉽게 해결해 줄 수 있는 가장 빠른 방법이라는 것을 알게 되었다. 그리고 그들의 삶의 균열을 조금이나마 회복시켜 줄 수 있는 것이 '외국인과 관계 맺기'라는 것을 인정하게 되었다. 인정하고 싶지 않다 해도 내가 살고 있는 그들의 현실은 그러하다. 그리고 여유가 있어서 그들을 돕는 외국인들과 그것을 받아들이는 히네떼로/라들도 만족할 수 있다면 서로에게 꽤 괜찮은 일이 될 수도 있겠다 싶었다.

많은 외국인이 히네떼로/라에게 상처를 받고 집도 차도 빼앗겼다고들 한다. 사랑한 줄 알고 그녀(그)를 위해 집과 차도 샀는데 그 모든 것들이 연극이었고 결국은 집도 차도 빼앗기고 그녀(그)에게는 다른 여자와 남자가 있었다며 속았다고 가슴을 친다. 모르긴 몰라도 히네떼로/라와 사랑에 빠졌던 순간에는 아마 이 외국인들도 굉장히 행복해 했을 것이다. 자신이 가진 걸 아낌없이 쏟아붓게 한 그들의 사랑의 기술은 무엇일까. 그들에게 뭘 해줘도 아깝지 않는 사랑으로 이끌어준 것은 쿠바노들만의 사랑의 기술이다. 그걸 알면서도 사람들은 쿠바에 와서 사랑에 빠지곤 한다. 위태롭게 보이는 밀고 당기는 사랑의 귀재들 쿠바노. 그들의 재간에 빠지지 않으려고 해도 야릇한 바닷바람이 부는 쿠바에서는 어떤 일도 일어날 수 있다.

쿠바의 히네떼로/라 문화는 경제적 결핍이 빚어낸 독특한 문화현상이다. 생존을 위해 '히네떼로'를 선택할 수밖에 없는 문제는 결국은 개인의 선택인 셈이다. 작게는 외국인들에게 가격을 속이는 일부터 혹은 가짜로 사랑에 빠져 감정을 속이는 일까지 '히네떼로/라'들은 필요하다면 뭐든 한다. 쿠바 정부도 눈에 보이지 않는 그들의 독특한 비즈니스를 부인할 수는 없을 것이다. 그들이 외국인들에게 잃어버린 사랑의 낭만, 비현실적 사랑의 판타지, 관광지에서의 이색적인 경험들을 제공해주고 정부의 도움 없이 자신들이 만든 시스템으로 문제를 해결하고 있으니 말이다.

벨키스와 시간

아바나의 삶이 조금 지루하다 싶으면 쿠바 국립미술관이나 개인이 운영하는 갤러리에 가서 미술작품을 들여다보곤 한다. 자주 국립미술관에 다니다 보니 작품의 위치며 작가들까지 자연스럽게 익히게 되었다.

그중에서도 내 눈길이 오래 머물렀던 작가가 있었다. 32세에 스스로 생을 마감한 벨키스 아욘(Belkis Ayón, 1967~1999년), 그녀의 작품은 신비스런 이야기를 담고 말을 걸었다. 머리카락 한 올 없이 몸을 덮고 있는 비늘, 머리 위에는 물고기, 전면을 바라보는 우아한 자태, 동그랗고 하얀 눈동자, 말갛고 순하고 깨끗한 눈빛을 한 이 존재는 누가 봐도 여자였다. 미스테리한 여인은 누구일까 궁금했다.

전시된 작품들은 회화가 아니라 흑백의 판화작품이었고 옆에는 컬러풀한 콜로그래피의 〈최후의 만찬(La cena)〉도 있었다. 나는 기독교적 관점에서 최후의 만찬이나 아담과 이브의 '이브'를 형상화했다고 생각하고 가까이 가서 작품을 제목을 살폈다.

〈시칸(Sikán)〉
마치 주술사의 이름인 듯한 이 존재는 무엇 때문에 강렬한 눈빛으로 관람객들을 응시하는가.

쿠바의 흑인 노예들은 아프리카에서 맨몸으로 짐짝처럼 배에 실려 쿠바에 보내졌다. 그들은 혹사당한 육신, 가족과의 생이별 속에서도 자신들을 오롯이 지켜준 것은 신의 수호를 받고 있는 영혼이라고 굳게 믿었다. 그렇게 그들의 신과 함께 낯선 땅 쿠바에 왔다. 이렇게 쿠바로 들어온 '요루바(산테리아)'와 함께 사람들에게 약간의 공포심을 주는 종교가 '아바쿠아(Abakua)'다. 아바쿠아는 나이지리아에서 대서양을 건너 흑인 노예들이 가지고 온 종교이다. 1836년에 아바나에서 정식 교단을 설립했지만 여성이나 혼혈도 받아들이지 않았고 오직 흑인만 입회할 수 있는 비밀 결사 종교였다. 비밀 결사 종교라는 이유로 무수한 소문과 살인, 폭력을 행하는 종교라는 오명도 함께 갖게 되었다.

아프리카에서 쿠바로 들어온 종교는 문화적으로 쿠바에 많은 영향을 주었다. 아프리카인들이 사용하던 타악기는 종교의식에 쓰여 지금도 쿠바 음악의 리듬을 매력적으로 만들어준다.

〈시칸(Sikán)〉에 얽힌 이야기는 이렇다.
화가 '벨키스 아욘(Belkis Ayón)'은 흑인이었다. '아바쿠아(Abakua)'를 믿지 않았지만 벨키스는 호기심을 가지고 작품세계의 주요 모티브로 아바쿠아의 전설 속 존재이자 마초들의 희생양이 된 시칸(Sikán) 공주를 선택했다. 그녀는 남장을 하고 아바쿠아의 입회식에 참석했다. 여성을 받아주지 않는 아바쿠아의 전통은 어디에서 시작되었을까.

아바쿠아의 기원은 시칸으로부터 시작되었다. 시칸, 그녀는 아프리카 어느 소부족의 공주였다. 매일 항아리를 이고 물을 길러 다녔다. 어느 날 평소보다 조금 무거운 항아리와 그 안에서 들리는 소리에 놀라 항아리를 떨어뜨렸다. 항아리 안에는 신성한 그들의 신이 발현한 물고기가 있었다. 부족들의 긴긴 싸움과 긴장을 해소하고 평화를 가져다줄 물고기. 그녀는 아버지에게 달려가 알렸다. 부족장인 아버지는 그녀에게 비밀로 할 것을 당부했다. 아무에게도 이 사실을 알리지 말라고 했지만 그녀는 장래 남편이 될 남자친구에게 비밀을 털어놓았다. 아버지는 자신의 당부에도 비밀을 지키지 않은 그녀를 신성한 나무인 세이바*(Ceiba)에 묶었다. 그리고 그녀를 서서히 죽였다. 그녀의 가죽을 벗겨 타악기의 가죽으로 사용했다. 그녀의 피는 나무와 흙을 적셨다. 물고기는 소리를 내며 울었다. 나중에 '아바쿠아'의 제의의식에서 시칸 공주의 피는 수탉으로 대체되었고 신성한 물고기도 죽어 버려서 물고기의 목소리를 들을 수 없게 되자 양의 소리로 대체했다. 아바쿠아의 제의의식에서 양은 서서히 죽어가며 소리를 낸다. 그 소리는 가늘고 길게 퍼져 나가야 했기 때문에 한번에 쉽게 양을 죽이지 않았다. 양은 이들이 듣고 싶어하는 신의 목소리의 대리자인셈이다.

* 세이바는 아바나 최초의 미사를 드린 '엘템플레떼(El templete)'에도 심어져 있어 매년 11월 19일 아바나의 도시 건립을 축하하는 날 사람들이 나무 주변을 돌고 소원을 빈다.

시칸 공주는 죽어서 부족을 위한 희생양이 되었다. '아바쿠아'는 시칸이 비밀을 누설했다는 이유로 아직까지도 여성의 입회를 금지하고 있다. 흑인이 아닌 백인이나 물라토 등도 20세기부터 입회를 허용했지만 여성만은 이 종교단체에 가입할 수 없었다.

벨키스는 시칸 공주의 이야기에 매료되었다. 영문도 모른 채 무조건적인 희생을 강요당한 시칸 공주의 절망을 다양한 형식의 판화에 다채로운 빛깔 혹은 흑백으로 표현했다. 그녀의 그림에서 시칸 공주의 모습에는 입이 없다. 비밀을 누설해 죽었기 때문이다. 그녀를 둘러싼 사회, 남성들의 가부장적 사회에서는 여성에게 침묵을 강요했음을 상징적으로 드러냈다.

벨키스의 작품에서 시칸 공주는 슬프다. 커다랗게 놀란, 순진무구하지만 강렬하기도 한 새하얀 두 눈동자는 관람객을 응시하고 말을 걸어온다. 아바쿠아의 전설 속 이야기는 여성을 희생으로 삼아 종교를 탄생시켰고 아프리카에서 대서양을 넘어 쿠바까지 건너온 이 종교는 비밀스러운 의식으로 명맥을 유지해왔다.

이 종교의 강령은 쿠바의 뿌리 깊은 마초의식에도 영향을 주었다.

* 남자는 울지 않는다.
* 다른 사람에게 폭력을 행사하거나 학대하지 않는다.
* 남자다워야 한다.
* 여성스러운 어떤 것도 거부한다.
* 가족을 부양한다.
* 여자들은 공적인 자리에 나설 수 있지만 남자들의 지위를 빼앗을 수 없다.
* 남자가 되는 길은 길고 긴 여정이다.
* 남자는 용감해야 한다.

200여 년 전에는 대부분의 흑인 노예들이 남성이었고 강인해야 살아남을 수 있는 시대였기에 이런 강령들이 유효했을지 모른다. 쿠바에서 일부 학교에서는 1959년의 혁명도 남성이 주역이었고 정치 경제 시스템의 근간인 레닌주의도 남성이 주인공이었다며 혁명의 수혜로 사회적으로 대등한 위치에 놓인 쿠바 여성들을 경계했다. 밖에서는 남성과 동등한 지위 혹은 더 높은 지위로 일을 한다고 하더라도 모든 집안일은 고스란히 여성들의 몫이었고 남성들은 여성들이 피곤한 몸을 끌고 가사 육아를 할 때도 외면하고 TV로 야구를 보거나 이웃들과의 대화에 여념이 없었다. 아내 혹은 여자친구에게 매춘을 강요하고 그 수입으로 살아가는 남자들은 자신들을 마초라 칭하며 아내에게 폭력과 학대를 일삼기도 했다.

벨키스는 시칸의 눈을 응시한 관람객들이 숨을 쉴 수 없을 만큼 강렬함을 느끼길 원했다고 했다. 아버지와 사랑하는 사람에게 희생당한 그녀의 절망에 찬 슬픈 눈동자, 그리고 여성의 자아 의식에 대한 금기로 입이 있어도 표현하지 못하는 것에 대해 저항하기 위해 시칸의 얼굴에 입을 그려넣지 않았다. 시칸을 모티브로 한 다양한 판화 작업에서 뿌리 깊은 쿠바의 마치스모*의 일면을 보여주고 싶어했다.

32세가 되던 1999년, 벨키스는 아바나의 자택에서 자살을 했다. 그녀의 죽음에 아바쿠아의 개입이 있었다는 증거는 없다. 가족들은 그녀가 자살을 할 만한 이유가 없다고 했다. 아무도 그녀의 자살의 이유를 알지는 못한다.

* 쿠바의 남성 가부장적·권위주의적 문화.

얼마 전 스페인 마드리드에서 '벨키스 아욘 특별전'을 열었다. 당분간은 쿠바 국립미술관에서 나를 정면으로 응시했던 시칸의 눈빛을 볼 수 없다. 그렇지만 아바나의 거리 모퉁이에서, 시장에서, 나는 가끔 시칸의 눈빛을 본다. 시칸이 느꼈을 배신, 고뇌, 외로움, 애정의 상실, 깊은 두려움의 그 얼굴. 그 여자들은 입이 없는 시칸처럼 침묵한다.

위험을 무릅쓰고 창작의 모티브를 위해 기꺼이 남장을 하고 아바쿠아 의식에 참여했던 벨키스의 예술혼은 이제 시칸의 눈빛이 되어 쿠바 마초들을 응시한다. 강렬한 그녀의 눈빛과 입이 없이 눈만 동그랗게 뜨고 온몸은 비늘로 덮여 있는 연약한 그녀는 쿠바 어느 곳에서도 만날 수 있다. 쿠바에 존재하는 아프리카의 영향을 받은 종교는 지독하게 마초적이다. 강인한 쿠바여자들도 시골로 가면 갈수록 남성의 권위와 폭력에 시달리고 있다고 한다. 아바쿠아 종교는 사랑의 종교인가? 사랑으로 세상을 구원하고 아름답게 만들 일을 하는지 나는 감히 물어볼 수 없다. 사람들은 비밀이 많은 종교니 그것도 비밀일 거라 말하고 더 이상 알려고 들지 마라며 위험을 경고했다.

2022년 쿠바 라틴 아메리카 영화제에서 아바쿠아 종교를 다룬 다큐를 보러 극장에 갔다. 극장에 들어선 순간, 거의 모든 관람객의 시선에 내게 향해 당황스러웠다. 대부분이 아바쿠아 종교와 관련 있는 사람들이었고, 거의 다 흑인이었다. 그들의 배우자 몇 명이 눈에 띄었지만 외국인 특히 아시아에서 온 사람은 나밖에 없었다.

다큐는 아바쿠아의 역사와 그들의 의식, 그리고 일반인들에게 알려진 공포스런 종교에 대한 오해를 풀기 위한 설명 등으로 이루어졌다. 영화가 끝나고 평소보다 조심스럽게 영화관을 빠져나왔다. 시칸 공주의 벨키스의 이야기만으로도 긴장했었다. 쿠바에서 살다 보니 민낯 같은 쿠바를 보고, 이해할 수 없는 격차를 느낀다. 좁힐 수 없고 다가갈 수 없는 그들의 문화에 대해 나는 그날 완벽한 타인이었다.

쿠바에서는,
개나 고양이도 살사를 춘다

처음 살사를 배울 때 스텝과 동작을 단기간에 배우고 커플 댄스를 추고 싶어 아우구스토에게 졸랐다. 그는 동작을 익히는 것보다는 음악을 듣고 익숙해지는 게 중요하다면서 설거지를 하든 샤워를 하든 살사 음악을 계속 들어 익숙해지지 않으면 빠르거나 느린 리듬에 맞춰 음악을 즐기면서 춤을 출 수가 없다고 했다. 무턱대고 춤만 추려고 덤비지 말고 음악을 즐기라고 했다.

살사는 리듬에 맞춰 감정을 표현하고 파트너와 교감을 하는 춤이다. 그래서 노래 가사나 리듬을 모르는 사람과 춤을 추면 재미가 없다. 남자가 리드하는 춤이고 그가 이끄는 동작이 나의 리듬과 일치되면 춤을 추는 맛이 난다. 때로는 유머러스하게 여자에게 이끌려 어쩔 줄 모르는 남자의 동작을 하거나 여자의 리드에 맡기겠다는 언어를 몸으로 표현한다. 음악의 리듬과 가사에 맞춰 남자가 춤을 리드하면 내 몸은 상대와 대화를 한다. 그 대상이 누구든 그 순간에 온전히 '음악과 파트너, 나'만 존재한다. 몰아의 경지에 빠져 춤을 추면 더욱 즐겁다. 사람들을 의식하고 예쁘게 보이려고 하면 춤을 통해 '몸의 자유', '해방감' 등을 느낄 수 없다.

살사는 자유로워야 하고 상대와 내게 온전히 집중할 수 있을 때 절정에 닿는 춤이다. 그래도 외국인으로 쿠바에서 춤을 즐길 아는 사람들이라면 쿠바노들의 삶에 좀 더 가까워질 수 있다.

살사는 '손*(Son)'이라는 리듬에서 나왔다. '클라베'라는 두 개의 나무 막대를 부딪혀 내는 리듬만으로도 춤을 출 수 있다. 엇박의 움직임으로 계속 춤을 춰야 해서 음악과 친숙하지 않으면 스텝은 꼬이고 만다. '손'을 자유자재로 출 수 있을 때 살사는 더욱 능숙해진다.
남녀의 밀당. 밀고 당기고 춤을 추다 서로 떨어져 자신만

* 찬찬(Chan Chan)사람들이 많이 아는 쿠바 음악. 이게 "손" 리듬이다 트리니다드 혁명 박물관 아저씨들이 '손' 전문 밴드이다.

의 동작으로 언어를 표현하는 쿠바 살사는 뉴욕과 한국 일본 등에서 추는 일직선 선상에서 움직이는 춤과는 스텝이 조금 다르다. 뉴욕에서 추는 춤은 미끄러운 마루 바닥에서 살사 슈즈를 신고 추도록 고안되어 바닥에서 미끄러지는 듯한 동작으로 춤을 춘다.

쿠바 살사는 재미있는 노래 가사라도 나오면 얼굴도 몸도 연기자가 되는 듯 모두 하나가 된다. 슬리퍼든, 맨발이든 어디서든 자유롭게 춤을 출 수 있다. 살사 클럽에 가는 날은 운동화를 신어야 더 자유롭게 춤을 출 수 있다. 특히 트리니다드 같은 돌바닥에서 춤을 추려면 샌들 끈은 끊어지기 십상이다. 남자가 어떤 동작을 하든 여자는 춤을 통한 여성미를 계속 유지해야 한다. 그 여성미는 쉽게 끌려다니지 않는 관능적인 여자의 몸짓이다. 쿠바에서는 살사를 '카지노'라고 부른다. 여럿이 함께 큰 원을 만들어 파트너를 바꿔가며추는 살사는 '루에다'라고 한다. 카지노든 루에다든 춤을 통해 닫혀 있고 굳어있던 내 몸이 비로소 자유로워지는 순간을 느낄 수 있다는 것은 쿠바 생활의 또 다른 기쁨 중 하나이다. 어디서든 남을 의식하지 않고 내 몸이 느끼는 대로 표현하고 그들과 춤을 통해 공감할 수 있다는 것. 때로는 살사를 통한 교감은 낯선 이들의 언어보다 훨씬 강렬하다.

그간의 쿠바살이를 통해 설거지, 청소 등을 하다가도 살사 음악이 나오면 자연스럽게 혼자 스텝을 밟는다. 살사는 이제 혼자 스텝만 밟아도 흥이 난다. 팬데믹 이후로 누군가와 살사를 출 일이 없어지긴 했지만 쿠바 친구들이 집에 놀러 오면 살사 음악을 틀어놓는다. 그들도 나도 이제 우리의 공통언어가 생긴 셈이다. 친구들과 모여 대화를 하다가도 살사가 나오면 일어나 춤을 추고 흥을 내는 일은 어색하지 않다. 눈치 보지 말고 기죽지 말고 나의 몸짓으로 표현하는 아름다운 언어 살사, 오죽하면 쿠바에서는 개나 고양이도 살사를 춘다는 표현이 있을까. 기본적으로 몸에 밴 그들의 리듬감이 부럽다. 낯선 모임에서 어색한 분위기를 풀어주고, 가족이든, 직장 동료 등 춤을 추면서 서로 포옹하고 키스하는 그들은 어색하지 않다.

쿠바의 우리 집 옥상, 바닷가, 거리 등 살사 음악이 있는 어디에서든 춤을 추는 쿠바노들, 그들의 몸의 언어를 배우고 리듬감을 익혀 이제 내 몸에도 살사의 리듬이 흐른다. 살사 음악이 나와 흥이 나면 친구와 대화하다가도 발딱 일어서 춤을 춘다.

살사는 나에게 솔직한 몸의 언어이다. 몸으로 표현하는 것은 저속한 것이 아니라 아름다움을 구현하는, 예술 행위이다. 살사를 추는 쿠바노들의 얼굴에는 슬픔이 없다. 춤을 추는 동안 현실의 어려움을 던져버리고 음악과 상대에게 몰입하게 되는, 쿠바의 아름다운 언어. 그것이 살사이다.

살사,
가르쳐 드릴까요?

거리에 음악이 흐르지 않아도 쿠바노들이 걷는 모습을 보면 마치 음악이 흘러 리듬을 타며 걷는 것 같다. 몸으로 하는 건 뭐든 잘할 것 같은 그들이다. 사탕수수를 벨 때도 말을 탈 때도, 삽질을 하고 시멘트를 고를 때에도 그들의 몸에는 리듬이 흐른다. 춤을 잘 추든 못 추든 그들은 리듬에 대해서는 고수인 것 같다. 대화를 할 때 그들의 표정은 대화의 리듬에 따라 강약이 달라진다. 온갖 손놀림을 사용하고 다소 과장된 표정에, 격앙될 때는 목소리도 커져서 마치 저마다 무대에 선 배우 같기도 하다. 가끔 그들이 대화하는 모습을 지켜보며 소리를 끄고 동작과 표정만 바라보는 상상을 할 정도로 쿠바노들의 리액션은 표현이 강하다.

문장이든 몸이든 그들은 표현력이 좋다. 언어로서는 저마다 문학적 감수성이 넘치는 은유적인 표현을 구사하고, 춤을 출 때면 음악을 자기 스타일로 해석할 줄 안다. 격식에 따라 춤을 추지 않고 즉흥적인 감정을 몸의 언어로 표현한다. 살사나 룸바, 차차차, 맘보 등 쿠바에서 탄생된 춤이 세계적으로 유명해진 것을 보면 그들의 타고난 리듬감각은 유전인자에 각인되어 있는 것 같았다.

결혼 전에 남편에게서 살사 스텝을 배웠다. 친구들의 모임에서도 음악이 나오면 즉석으로 살사를 추는 쿠바노들을 보면서 부러워서 마음이 몹시 급했다. 한국에서 생각한 대로 스텝만 배우면 춤을 출 수 있을 거라 생각했다.
"살사 가르쳐줘."
"2년 정도 매일 살사 음악을 들어. 자연스럽게 네 몸이 반응하도록."
그 말을 깨닫는데 5년도 넘게 걸렸다. 무턱대고 동작만 배우면 된다고 생각했는데 어떤 음악이든 자유자재로 내 몸과 리듬이 자연스럽게 하나가 되기까지는 오랜 시간 동안 살사음악을 들어야 했다. 쿠바 사람들이 춤을 잘 추는 이유도 여기에서 기인한다. 그들은 어린 시절부터 살사와 각종 음악을 최대 볼륨으로 듣는다. 대화를 하다가 음악이 커지면 우리는 음악을 줄이지만 이들은 소리를 지른다.
자연스럽게 쿠바노들의 살사와 룸바를 통해 남녀가 구애를 하는 방식, 그 독특한 몸의 언어가 아프리카에서 왔다는 것도 알게 되었다. 19세기와 20세기의 보수적인 스페인 이주민들은 아프리카에서 온 과감한 몸의 언어를 어떤 방식으로 받아들였는지 궁금해졌다.

쿠바 친구들이 집에 놀러와 대화를 하게 되면 대화 도중 늘 이렇게 말한다.
"음악은(La musica)?"
익숙하게 음악을 틀고 볼륨을 높인다. 대화를 하다가 좋아하는 음악이 나올 때는 서로 눈치 보지 않고 일어나 춤을 추기도 한다. 한번은, 아우구스토 친구들 여러 명이 집에 놀러 왔었다. 우리는 정치적 이슈에 대해 진지하게 대화를 했다. 음악은 틀어져 있었고, 모두들 자기 의견을 피력하느라 여념이 없었다. 하지만 음악은 나를 주체할 수 없게 했다.
아우구스토 친구들이 있든 말든 일어서서 살사 스텝을 밟았다. '음악'과 '나'만 존재하듯 그렇게 방문객들 시선을 아랑곳하지 않고 혼자 즐겁게 나의 댄스 삼매경에 빠졌다. 재밌는 건 그들은 옆에 서서 춤을 추는 나를 돌아보지도 않고 대화에 여념이 없었다. 그것은 '자유'였다. 춤을 통해 느끼는 자유로움 말이다. 같은 공간에 있으면서도 나와 그들의 세계는 분리되었고 서로 침범하지 않았다. 그리고 잠시 후 아우구스토가 대화를 멈추고 손을 내밀고 나와 춤을 추기 시작했다. 쿠바에서 살사는 배워야만 출 수 있는 특별한 춤이 아니다. 춤을 못 춰도 음악을 즐기면 되고, 간단한 스텝만 밟아도 된다.

그래서 여러 명이 모이는 자리에는 춤과 음악이 꼭 있어야 한다. 이제 나도 손님이 오면 먼저 음악을 틀게 된다. 한국에서는 정신 사납다며 음악을 끄라고 했다. 그러나 나의 쿠바 집에서는 흥이 나면 손님들과 옥상으로 올라간다. 옥상 테이블에 맥주 몇 병을 두고 스피커를 켠다. 달빛 아래 우리 모두 살사를 추거나 자기가 추고 싶은 춤을 춘다. 답도 나오지 않는 대화를 하기보다는 유쾌한 마음으로 슬리퍼를 벗어 던진다. 나는 음악을 틀고 손을 뻗어 친구들의 손을 잡는다.

"우리 살사 출까요(Vamos a bailar)?"

지글거리는 태양 아래
농익은 춤

쿠바로 이주한 스페인 사람들은 스페인 각지에서 자신들의 문화를 가지고 이주했고, 그들은 다양한 계층으로 구성되었다. 그리고 쿠바 이주 후에는 원주민과 흑인 노예들을 통치하면서 백인 지배층이 되었다.

아이티에서 있었던 혁명으로 아이티의 프랑스인 지주들이 이끌었던 사탕수수 산업이 내리막을 걸으면서 쿠바는 19세기 초에 설탕 생산의 선두주자로 떠올랐다. 설탕의 판매와 노예무역으로 쿠바의 스페인 크리오요 지식인들과 노예 상인에게 경제적 혜택이 집중되었다. 설탕 산업의 번영은 도시의 하층 계급에게도 혜택을 주었고, 아바나, 마탄사스에서 자유로운 신분이었던 흑인과 물라토 등이 높은 가치의 공예품 생산과 무역 일을 하며 인정받기 시작했다. 유색인종 장인들은 클래식 음악, 회화, 재단사, 조산사, 민병대, 치과, 교육 분야에서 두각을 나타내며 유색 계급의 엘리트를 형성했다. 이들은 아바나의 백인 지배층들과 함께 무역과 부동산 사업에 손을 대며 사회적 명성을 얻기 시작했다. 그러나 도시 흑인 노동계급의 반식민주의적 정치 행보로 인해 백인 엘리트 등은 불안해하기 시작했으며 대규모 탄압을 했다.

1843~1844년 '라 에스칼레라(La escalera)'로 알려진 국가 주도 탄압으로 수천 명의 자유로운 신분의 흑인들이 처형되거나 투옥되었다. 백인들은 아프리카 문화가 백인주도의 문화를 오염시킬 가능성을 염려했다.

그렇지만 쿠바의 백인 지배층들이 저항할 수 없는 것이 있었다. 그것은 아프리카와 유럽의 영향을 받아 새롭게 탄생한 댄스 '콘트라단사(Contradanza)'였다. 타악기 클라베를 사용해 아프리카의 독특한 리듬 체계를 가진 이 새로운 댄스는 19세기 사교계를 휩쓸기 시작했다. 이 아프리카의 독특한 리듬을 가진 음악과 댄스는 흑인들에 의해 발전해 나갔다. 쿠바의 작가 '알레호 카르펜티에르(Alejo Carpentier)'는 '흑인 액센트의 활력은 백인 음악가들의 기보법으로 도저히 기록할 수 없는 음악을 만들어냈다'고 했다. 쿠바 흑인들이 가지고 있는 리듬 감각은 다른 인종들이 따라하기 어려웠기 때문에 독보적인 그들만의 감각으로 쿠바 음악을 발전시킬 수 있었다.

쿠바 상류 사회의 댄스파티인 '쿠바볼(Cubaball)'에서 최신 유행의 댄스를 추기 위해 사람들은 흑인이 주도하는 댄스 교습을 받기 시작했다. 이것이 바로 아프리카에서 온 리듬에 기반을 둔 '콘트라단사(Contradanza)' 혹은 '단손(Danzón)'이다. 부르주아 사회의 아바나의 젊은이들은 이 거부할 수 없는 새로운 리듬에 맞춰 춤을 추었고 시간이 갈수록 백인 크리오요들의 검열에도 불구하고 인기는 사그러들지 않았다. 이러한 인기가 절정에 달했을 때 백인 지배층들은 인종적인 두려움을 느끼며 흑인 댄서들의 하체 움직임에 관련하여 음란한 춤으로 간주하고 부도덕하다고 비난했다. 그러나 19세기 말에는 백인 중산층들이 단손을 완전히 수용하게 된다.

'단손(Danzón)'은 남녀가 서로 손을 잡거나 안으며 춤을 췄는데 사람들에게 관능적인 묘한 매력을 선사했다. 이러한 관능은 '사보르(Sabor)'라고 불리었다. 한때는 외설로 분류되었으나 사람들은 몸을 통한 에로틱한 상상에 열광했다. 그리고 19세기의 '콘트라단사(Contradanza)' 이후 쿠바의 춤은 점차 '쿠바의 관능(Sabor de Cuba)'이 되었다. 20세기 초반 쿠바가 국가적 정체성을 만들어가며 음란 퇴폐로 간주했던 단손과 사보르의 아프리카적 요소를 긍정적인 언어로 받아들인 것은 아마 사회통합에서도 중요한 역할을 했을 것이다. 흑인들이 가져온 문화라며 더이상 천시할 수 없을 정도로 사회적으로 큰 영향을 끼치며 쿠바 전역으로 뻗어 나간 쿠바의 사보르는 이제 전 세계 사람들이 열광하는 쿠바만의 독특한 문화적 정체성이 되었다. 그리고 20세기 들어 아프리카에서 온 리듬은 쿠바의 지글거리는 뜨거운 태양 아래 농익었다.

독특한 쿠바의 관능이 담긴 춤사위는 시간이 흘러가면서 손(Son), 살사(Salsa), 맘보(Mambo), 룸바(Rumba), 차차차(Cha-Cha-Cha)라는 새로운 장르를 만들어냈다.
쿠바에 온 이방인들은 쿠바노들의 자유로운 몸짓, 형식에 구애받지 않고 완벽하게 자신의 몸을 통제하는 무용수들의 동작을 보면서 늘 감탄을 하곤 한다. 멜로디 없이 클라베와 콩가, 퍼커션 등의 타악기의 연주만 있어도 아니 두들겨 소리가 나는 그 어떤 것으로도 그들은 어디서든 춤을 출 수 있는 타고난 춤꾼들이자 흥쟁이들이다.

오르티즈*는 춤은 쿠바노들의 본질적 특징이며 관능이라고 했다. 그는 이렇게 말했다.

"Nacemos a la vida del sexo demasiado pronto, … el sol se filtra a nuestras venas…obrexcita nuestra voluptuosidad(우리는 일찍부터 성생활을 시작했다. … 태양은 우리의 혈관으로 스며들어 … 관능을 과도하게 자극한다)."

관능은 쿠바의 공기 어디에서도 느낄 수 있다. 그들의 느슨한 걸음걸이와 춤을 통해 전해지는 몸짓, 피하지 않고 응시하는 눈길, 심지어 하늘의 구름과 바다에서 야자수를 스치며 불어오는 바람, 대화하며 과도하게 움직이는 그들의 제스처와 목소리, 쿠바의 매력은 그 야릇한 느슨함에

* 페르난도 오르티즈(Fernando Ortiz, 1881~1969년): 쿠바의 인류학자이자 민속학자 아프로쿠바 문화학자. 그는 트랜스문화작용(Transculturation)을 통해 쿠바의 '아프로쿠바' 문화 현상을 설명했다. 한 문화와 다른 문화가 만나 서로 다른 문화를 병합하고 혼합하여 완전히 새로운 것을 창조하는 것으로 아프로쿠바 문화도 스페인 고유의 문화와 흑은 고유의 문화가 만난 쿠바만의 새로운 문화를 창조했다고 정의하는데 이것이 바로 '아프로큐반(Afro-Cuban)'이다.

서 온다. 집착 없이 흘려보내고 다시 받아들이는 것. 쿠바노들이 오랜 시간 타문화와 교감하면서 자기의 정체성으로 만든 이러한 리듬은 쿠바의 아프리카 문화에 바탕을 두고 쿠바의 관능이 되어 그들만의 독특한 미학적 특징이 되었다.

세계적으로 유명한 쿠바의 힙합 밴드 '오리샤스(Orishas)'의 이름도 아프리카 산테리아 종교에서 왔다. 오리샤스의 노래 중 '알 로 쿠바(A lo cubano)'는 '쿠바 스타일'이라 해석할 수 있는데, 이 노래에서 그들은 한 손에는 럼과 다른 한 손에는 시가, 그리고 자신의 연인과 함께 삶을 즐기는 모습을 노래했다. 이 노래는 관광객들이 쿠바하면 떠오르는 이미지, 낙천적인 모습으로 현재를 즐기는 모습을 노래했다. 아무 걱정 없이 현재를 살아가는 그들의 모습. 내일은 없는 것처럼 불사르듯 춤을 추고 오늘을 사는 그들의 문화가 늘 궁금했는데 오르티즈의 글에서 그 이유를 알게 되었다.

아프리카에서 사탕수수 농장으로 끌려온 흑인 노예들은 짐짝처럼 배에 실려 쇠사슬에 묶여 노예시장에서 팔려 나갔다. 사랑하는 가족들, 아내와 아이들과 뿔뿔이 흩어져 어디로 팔려가는지조차 모르고 자신의 삶을 타인에게 떠맡겨야 했을 때의 좌절과 고통을 우리는 이해하지 못한다. 가진 것은 목숨과 영혼뿐이었다. 그 영혼은 너무도 고통스러워 주어진 시간 속에서 모질게 살아남아도 어떤 의미가 있었을까. 오늘을 살고 현재에 살아 있음에 의미를 부여하지 않으면 그 시간을 어떻게 견딜 수 있었을까. 그들은 현재를 살기로 선택했다. 당장의 현실. 언제 사라질지 모르는 현재의 즐거움은 최대치로 즐기고 지나간 시간들은 묻었다. 오직 살아 있음과 살아야 하는 이유 때문이었다.

이러한 문화를 오르티즈는 '초테오*(Choteo)'라 불렀고 현재도 쿠바노들의 정신에 깊이 각인되어 있다. 그들이 어려운 삶을 살면서도 낙담하지 않고 오늘, 현재를 사는 모습 말이다. 내일은 내일 해가 떴을 때 생각하면 된다. 카리브해의 뜨거운 태양 속에 지글지글 타오르는 뜨거운 피는 '아프로쿠바'라는 그들만의 정체성, 그들만의 색깔이

* 현실을 비판하거나 풍자, 은유하는 유머의 방식으로 쿠바 스페인어로 구현되는 쿠바의 정체성이다. '아무것도 진지하게 받아들이지 않는 것', '긴장을 풀기 위해 모든 것을 던지는 것'.

되어 쿠바를 찾는 이들에게 위안을 주기도 한다.

쿠바섬 밖에 사는 이들은 아직 일어나지 않는 일들을 지나치게 염려하고 다가오지 않는 미래를 위해 현재의 즐거움을 담보하며 산다. 무엇이 맞고 그른지의 문제가 아니라 삶은 선택의 문제인 것인데 때로 우리는 과도하게 진지하다. 그럴 때 쿠바노들이 살아가는 모습은, 그리고 잠시라도 그들과 함께 하는 시간 동안은 묘한 해방감을 느낀다. 그 다름과 나른한 해방감, 나는 그걸 쿠바의 매력이라고 부르고 싶다. 그간 굳게 잠겨 있어 내게도 그런 본능이 있었는지조차 몰랐던 것들, 잊고 있던 우리의 본능을 일깨우는 그 해방감은 오히려 가난 속에서 서로 돕고 의지하며 오늘을 살아가는 쿠바의 정체성 '아프로쿠바' 문화와 유머러스한 대화의 방식으로 진지함과 슬픔을 피해가는 '초테오'에서 기인하는 게 아닐까 한다.

슬픔과 낙담 속 그것을 직설적으로 풀어내기보다 언어유희와 풍자를 통해 '웃음'을 만들어내고 승화시키는 그들의 문화가 우리의 '해학'과 매우 유사하다. 너무 바빠 여유를 잃어버린 것일까. 생활 속에서 그런 재치있는 언어유희를 구사하고 주고받는 일도 잊혀 간다. 쿠바노들과 대화를 할 때 항상 유쾌하고 즐거운 것은 아마 삶 속에 녹아 있는 여유에서 오는 유머감각이 아닐까 한다.

카리브의 태양 속 더욱 선명한 쿠바의 색채

쿠바의 태양 아래서는 모든 것이 눈부시다. 어떤 불순물도 없는 맑고 깨끗한 캐리비안의 공기에서는 존재하는 모든 것들의 색채가 생생하게 드러난다. 쿠바를 찾는 관광객들이나 사진작가들은 그 태양 아래 빛나는 눈부신 원색의 향연을 포착하고 싶어 한다. 내가 익히 알고 있는 하늘, 바다, 나무. 화려한 열대의 이름 모를 꽃들과 새들. 쿠바에서 처음 보았다. 흑백 TV로 사물을 보다가 컬러 TV로 세상을 만난 것 같은 경이로운 색을, 그들의 피부색과 조화를 이루는 갖가지 색채에 대해 떠오르는 나의 단상을 정리해 보았다.

열대의 태양 아래 무채색은 슬프다. 쿠바살이하며 때로는 우울한 기분도 떨쳐 버리게 만드는 선명한 색채의 그 힘을 느낀다. 태양의 힘을 빌려 눈부시게 반사하는 쿠바만의 빛깔.

사랑의 신, '오슌'의 달콤함

카리브의 원색. 아침의 여명도 노랑이다. 카리브의 태양은 우리 얼굴을 노랑으로 물들인다. 말레꼰에 앉아 노을빛으로 물들기 전 태양은 스스로 물러갈 준비를 한다. 그 잠깐의 시간 속 우리의 얼굴은 수줍은 노랑으로 물든다. 순하고 말 잘 듣는 연약한 짐승이 되고 싶은 늦은 오후의 색. 쿠바의 시인 호세 마르띠는 죽어서 태양을 마주하고 싶다고 했다. 캐리비안 태양 아래 그도 뜨겁게 쿠바를 사랑했다. 그리고 쿠바의 독립을 위해 싸우다 태양을 향해 머리를 두고 죽었다. 사람들은 해바라기를 그의 묘에 바친다.

스페인어로도 해바라기는 해를 바라보는 꽃, 히라솔(Girasol). '태양을 향하는 꽃'이란 뜻이다. 산테리아* 종교의 사랑의 신 '오슌'도 노랑 옷을 입는다. 그리고 쿠바 동쪽 '산티아고 데 쿠바'의 성지 '엘 코브레' 성당. 그 성당의 전설속 바다에서 건져 올려졌다는 쿠바의 어머니 마리아(Virgen de la Caridad Cobre)가 입고 있는 옷도 노랑이다. 쿠바에 널린 토종꿀도 심지어 노란색이다. 그 달콤한 유혹. 우리를 말랑말랑하게 만드는 감성의 빛깔. 쿠바의 그 강렬한 태양은 노랑 옷을 입고 지나가는 여자의 미소도 눈부시게 만드는 힘을 가졌다.

자유와 희망의 초록

쿠바 하면 떠오르는 예르바 부에나(Hierba buena: 좋은 풀). '헤밍웨이', '살바도르 아옌데', 쿠바를 사랑했던 콜럼비아 작가 '가브리엘 가르시아 마르께스', 쿠바의 시인인 '니콜라스 기옌'까지. 쿠바에 온 셀럽들은 모두 다 들렀다는 '보데기따 델 메디오'의 '모히또'에 들어가는 풀이다. 한국 사람들은 애플민트 혹은 민트시럽으로

* 쿠바에 들어온 아프리카 노예들이 자신들의 종교 Yoruba와 카톨릭을 접목시켜 탄생시킨 종교.

모히또를 만드는데 애플민트로는 그 강한 향을 낼 수 없기 때문이다. 예르바 부에나가 '좋은 풀'이란 이름을 가지게 된 건 강인한 생명력으로 잘 죽지 않고 늘 생기를 품은 여린 풀잎이 어느덧 금세 무성한 짙은 초록이 되기 때문이다. 약으로도 쓰고, 술도 만들 수 있고 차를 만들어 마실 수도 있다.

우리 집에서 나와 함께 기거하는 도마뱀. 쿠바의 집에는 가끔 이런 여린 초록빛을 띤 도마뱀이 인간과 함께 산다. 쿠바의 시인 '니콜라스 기옌'은 그의 시에서 '초록색 도마뱀의 눈동자에 물빛과 돌빛이 서려 있다'라고 했다. 우리나라 지도를 호랑이에 비유하는 것처럼 쿠바 사람들도 쿠바섬을 동물에 비유한다. 바로 악어!!! 쿠바노들이 관광 기념품으로 만드는 악어 모양 인형도 모두 초록이다.

쿠바에서 내가 좋아하는 초록은 짙은 올리브잎 색의 쿠바 군복이다. 예전에 한국 군인들이 입었던 짙은 국방색에 약간 노랑 빛이 감도는 올리브 빛깔. 올리브 그린 빛의 잘 다려진 군복 말이다. 혁명군들이 '씨에라 마에스트라' 산맥에서 게릴라전을 벌일 때 입었던 군복. 피델 카스트로며, 체 게바라, 까밀로 씨엔푸에고스 등과 함께 했던 혁명군들이 입었던 색이 바랜 전투복의 초록은 이들에게는 영광의 빛이며 자유를 상징하기도 한다.

마지막으로 하나 더! 쿠바의 '아프로쿠바 회화*' 언어를 만들어 낸 쿠바 화가 '위프레도 람(Wifredo Lam)'의 그림은 어둡다. 람은 그 어둠을 중화시키고 싶어 했다. 그가 선택한 컬러가 바로 초록이다. 그건 희망을 상징하는 빛깔이다. 우리나라 백석의 시 〈남신의주유동박시봉의방〉에 나오는 갈매나무 빛깔. 타향살이에 희망을 잃고 싶지 않았던 백석을 위로하는 그 건강한 짙푸른 희망의 색. 전 세계 어디서나 초록은 희망인 걸까. 대지를 뚫고 태양 아래 빛나는 이슬을 머금은 여린 새순, 쿠바의 초록은 희망이다. 그들의 가슴을 초록으로 물들이고 싶다.

카리브의 생명 파란색

파란색은 수도인 아바나를 상징하는 색이다. 아바나의 야구팀 '인두스트리아(Industria)'의 유니폼도 파랑이다. 쿠바 국기의 파란 세 줄은 쿠바의 지역을 상징한다. 쿠바 중앙과 동쪽 그리고 서쪽. 이렇게 세 지역의 쿠바는 하나로 규합되어 하나의 별이 된다.

파란색은 산테리아 종교 바다의 신 '예마야'를 상징한다. 생명을 잉태하는 어머니와 같은 바다, 이 신이 파란 옷을 입는다. 왠지 친절한 이 파란색은 도처에 널려 있다.

* Afro Cuban: 쿠바 문화의 정체성을 상징하는 단어. 스페인 식민전통문화에 아프리카 흑인 노예들의 문화가 융화되어 탄생한 쿠바만의 독특한 예술문화를 정의하는 단어.

쿠바에서 가장 아름다운 것은 유난히 파란 하늘. 고속도로를 달리다 보면 아바나로부터 100㎞ 정도에 이르렀을 때 '히론'이나 '시엔푸에고스' 가는 길의 구름은 하늘 위의 돌다리처럼 날아올라 디디고 싶어진다. 이 지역의 하늘은 유독 파랗다. 이곳에 가면 하늘과 구름을 놓칠 수 없어 고개를 빼고 하늘을 올려다보곤 한다. 아침부터 누군가를 기다리다가 기약 없이 늦어지는 방문에 속이 끓어오르는 날, 언제 오나 하고 내다보는 창밖의 파란 하늘이 눈을 씻어주고 숨을 고르게 해준다. 파란 하늘의 뜨거운 날은 햇살마저 눈부셔 눈을 제대로 뜰 수가 없다. 공기의 막을 걷어 내고 보는 선명한 색상의 꽃과 나무들은 파란 하늘이 있어 더욱 아름답게 보인다.

열정 그 뜨거움 빨강

사람들이 말하는 깔맞춤 패션의 진수를 보여주는 쿠바. 머리끝부터 발끝까지 빨간색으로 치장한 쿠바노들의 모습이 흥미롭다. 화려함의 극치. 머리끈이며 가방과 신발 온통 빨간색으로 치장한 쿠바노들의 어깨가 으쓱하다. 유럽이나 미국의 패피(패션피플)들의 믹스 매치는 쿠바 일반 대중들은 재미가 없다고 한다.

빨강색도 종류가 많은데 쿠바 평범한 여인네들이 종종 즐겨 입고 다니는 민소매 티셔츠. 거기에 징까지 박혀 있거나 커다란 여자의 얼굴이 그려져 있는 그 빨강 말이다. 나에게 별로 친숙하지 않은 붉은 색은 산테리아 종교의 신 '창고'의 상징이다. 창고는 붉은 모자를 쓰고 붉은 옷을 입고 있다. 이 신의 캐릭터를 잘 반영한 의상인 셈이다. 그는 불같이 화를 내고 파괴한다. 사랑도 뜨겁게 나누고 파티를 좋아하는 성격을 지녔다. 산테리아를 믿는 사람들은 자신의 주신이 있는데 내 눈에는 쿠바노들 다수가 '창고'를 신으로 하는 것 같다.

뜨거운 사랑을 하는 쿠바노들의 가슴에는 아마 붉은 색이 숨겨져 있을 거다. 눈으로 볼 수 없는 이 붉은 색은 사랑을 하거나 복수와 질투심에 사로잡혀 있을 때 쿠바노들의 가슴을 활활 타오르게 한다. 쿠바의 정열. 그건 눈으로 보는 게 아니라 가슴으로 느끼는 색이다. 그래서 우리가 상상하는 것보다 쿠바의 빨강은 더욱 붉고 강렬하다. 전 세계의 사람들은 쿠바를 보는 게 아니라 그 정열을 느끼고 싶어 온다. 그 정열은 태양 속에 비밀이 있어 쿠바노들의 피를 끓게 만들고 그 끓는 피로 인해 쿠바는 내가 사랑하는 쿠바가 된다.

하얀 비둘기, 하얀색

아프리카 요루바 종교에 기원을 두고 가톨릭과 절묘하게 섞은 산테리아 종교. 이 종교에 입문하여 1년의 정화와 재생의 시간을 보낼 동안 이들은 흰옷을 입는다. 머리끝부터 발끝까지 온통 흰색으로 감싸야 한다. 이러한 정화와 재생의 시간은 1년이나 된다. 1년이 되는 날은 다시 태어난 의미로 의식을 행한다. 의식 속에 하얀 비둘기 혹은 흰 닭의 피를 제물로 바친다.

쿠바에서 머리끝부터 발끝까지 흰색으로 치장한 사람들은 산테리아의 정화 재생의 시간을 보내고 있는 사람들이다. 이들은 종교에 입문하여 의식을 치름으로써 새로 태어난다. 과거의 삶은 신을 받아들이기 전이며 의식을 통해 새로 태어나 지난날의 더러움을 씻어내는 시간이라고 믿기 때문에 하얀 색으로 정화의 시간을 거쳐야 하는 것이다.

12년 전, 아바나 동쪽 해안의 친구 결혼식에 참석했다. 그 친구들은 바닷가의 집을 일주일 동안 빌려 친지들을 불러 식을 올리고 파티를 했다. 한국의 결혼식장에서는 하객들은 되도록 흰옷을 입지 않는 것이 예의여서 흰색이 아닌 컬러풀한 원피스를 입고 결혼식에 참석을 했다. 그런데 막상 도착을 해보니 참석한 사람들 대부분이 흰옷을 입고 있었다. 아우구스토는 바닷가 결혼식에 쿠바노들은 대부분 흰색 옷을 입고 온다고 했다.

낯선 문화다. 바닷가 결혼식 참석이 처음이라 신발을 뭘 신어야 할지도 몰랐다. 모래사장에 가족들이 화려한 꽃을 장식하고 천을 바닥에 깔고 결혼식을 준비했건만 신고 간 신발이 불편해 맨발로 다녔다. 하객들은 주로 하얀 마 소재의 셔츠에 편안한 마바지를 입은 사람들도 있었고 쿠바의 전통 의상인 '과야베라*'를 입고 있었다. 쿠바나들도 평소 꽉 끼는 원피스를 포기하고 바닷가의 미풍에 하늘거리는 소재의 흰색 원피스를 입고 참석했다. 가장 아름다운 신부를 배려해서 흰옷을 입지 않는 우리와 조금 다른 문화를 가진 이들의 바닷가 결혼 문화.

이제 나도 바닷가에 갈 때면 흰색 마 소재의 바지나 원피스를 선택하게 되었다. 뜨거운 날씨 속 살갗에 달라붙지 않고 미풍에 하늘거리며 사각거리는 그 감촉이 좋아져서인가 보다. 이렇게 쿠바에, 쿠바의 자연에 조응하며 살아가는 법을 배운다. 나도 어느덧, 쿠바 색채의 일부가 되었다. 그들의 삶의 빛깔과 조화를 이루며 어떤 빛깔로 삶을 장식하며 살아갈지는 두고 볼 일이지만 내 안에 시시각각 변화하는 감정들은 위에서 열거한 모든 색채를 다 경험한 것 같다.

카리브해의 원색은 강렬하다. 그 색은 태양과 자연의 조화로 만들어낸 선명한, 쿠바에서만 느낄 수 있는, 인간의 본성과 욕망의 색이다.

---

* 마 소재의 편안한 셔츠.

2부 매혹적인 쿠바의 눈동자

말레꼰의 노란빛
낭만 가로등

전기 사정이 안 좋아 걸핏하면 전기가 나갔던 십여 년 전 그때.
그 시절의 가로등은 어둑했지만 따뜻했다. 바다 건너편에서 모로요새에서 바라보는 아바나의 야경은 늘 낭만적으로 보였다. 그때는 여행자였지만, 이제 나는 그 풍경 안에 살고 있다. 바다 건너 낭만은 이제 내 삶의 일부가 되어 때로는 환멸이 쿠바의 현실이 될 때도 있지만, 기억 속 풍경은 아직도 아늑하고 그립기만 하다.

말레꼰(Malecon)은 아바나 서쪽 미라마르 지역으로 가는 터널부터 모로성 건너편까지 총 8㎞의 방파제다. 지금은 LED 가로등이 8㎞ 중 4㎞를 환하게 비춰주고 있지만 나머지 4㎞는 예전 그대로 따뜻한 노란빛이다. 쿠바노들에게

'당신들도 말레꼰에서의 낭만을 기억한다면 그 가로등을 그냥 놔두라'고 말해주고 싶다.
전력 사정이 좋지 않은 그들에게 낭만을 챙기라고 하고 싶지 않지만, 그 시절 말레꼰의 노란빛을 아바나의 도시 풍경을 축소해서 전시하는 곳인 마께따*(Maqueta)에서 추억하고 싶지는 않다. 아직도 내게 말레꼰은 쿠바의 낭만과 사랑을 상징하는 곳이기 때문이다.

밤의 마술처럼 한낮과는 다른 세계가 펼쳐지는 말레꼰의 밤은 따뜻한 노란 불빛이 있어야 한다. 우리는 그 불빛아래 말레꼰의 악사에게 음악을 청하며 함께 춤을 추기도 하고 핸드폰으로 맥주를 배달해 마시기도 했다. 어둠속의 파도와 별들, 해풍에 가볍게 날리는 머리카락이 얼굴을 간지럽히는 그곳에서는 삶의 불순물은 없다. 단순하게 순간을 즐기면 그뿐이다.

이곳에 사는 사람들은 무책임하고 일관성이 없어 보이지만 달콤한 그들만의 감성이 있다. 그들의 감성은 시간이

* 이곳은 관람객들이 관람하는 동안 저녁의 아바나를 재현할 때는 불을 끄고 쿠바 음악인 볼레로, 파도 소리와 함께 말레꼰의 거리에 노란 불빛을 켠다. 짧은 그 순간 나는 아바나의 밤의 낭만과 쿠바노들의 삶의 온기에 빠져들곤 했다.

흐르면서 단단해지는 안정된 사랑과의 공존이 어려워보인다. 그렇지만 사람들은 말레꼰에서 아침이 되면 곧 사라질지도 모르는 그 사랑을 열정이라 부르며 빠져든다.

관광객들도 쿠바노들도 바다와 얼굴을 보랏빛 붉은빛으로 물들이는 석양이 질 무렵이면 말레꼰 앞으로 모여든다. 말레꼰에는 오늘만이 존재한다. 사랑과 눈물, 삶의 좌절과 그리움이 밀물처럼 물든 곳. 쿠바섬을 떠난 가족이 그리워 얼굴을 파묻고 밤바다를 서럽게 바라보는 사람과 바닷바람에 연인의 머리칼을 부드럽게 쓸어주는 손길과 그 다정한 눈빛들이 서려 있는 곳. 1930년대 말레꼰이 만들어진 이후, 수많은 아바네로와 아바네라에게 노스텔지어를 선사한 말레꼰은 떠난 이들을 바라보는 곳이자 떠난 자들이 바라보는 곳이다.

이 섬을 쿠바로 기억하게 하고 사람들을 강렬하게 끌어들이는 곳. 세상에 존재하는 수많은 말레꼰(스페인어로 '방파제') 중에서도 쿠바 아바나에만 존재하는 말레꼰. 곧 허물어질 듯한 위태로운 구조물과 그 옆으로 매연을 뿜고 달리는 박물관에나 있을 법한 오래된 차량들. 아무렇지 않게 맨발로 서서 넘실거리는 파도에 몸을 적시는 아이들과 서로를 탐닉하는 연인들과 강태공 등 쿠바노의 삶의 향기가 짙게 배어 있는 곳이다. 그래서 우리는 말레꼰은 쿠바 아바나에만 존재하는 것 같은 착각을 하곤 한다. 그렇다. 우리들에게 말레꼰은 사랑이자 낭만이다. 말레꼰이 위태해 허물어진다해도 기억은 그렇게 남을 것이다.

없어서 불안한 것이 아니라 없어서 만들어지는 나의 것

전 미국 대통령 버락 오바마는 쿠바 방문 이후 쿠바노들을 이렇게 정의했다.

"쿠바노들은 공기도 만들어낼 수 있다."

쿠바의 실정을 잘 모르는 외국인들은 쿠바노들이 적은 임금을 받으면서 비싼 물가를 어떻게 감당하는지 궁금해 한다. 쿠바노들조차 자신들의 생존방식에 대해 놀라워하기도 한다. 어려움에 직면했을 때 해결하는 그들만의 생활방식이자 하나의 생활속 표현이 된 "인벤타(Inventa: 뭐든 창의적으로 만들어 내는 것)!" 생활 속의 유연한 사고와 삶의 재치가 돋보이는 기지다.

쿠바노들은 자기 삶의 전문경영인 같다. 살기 위해 무언가를 뚝딱 만들어내야 한다. 그래서 '인벤타(Inventa)'라는

단어는 쿠바노들의 삶의 특징을 이해하는 가장 중요한 역할을 한다. 이 단어는 커플들이 파트너에게 구차하게 변명하지 말라는 간단한 뜻, 즉 상황을 모면하기 위해 온갖 미사여구를 던질 때 "더 이상 지어내지 마(No inventes mas)." 라며 일축할 때도 쓰인다. 콧소리로 '나한테는 안 통해'라는 말을 던지고 혼자 고개를 끄덕거리는 쿠바노들의 제스처가 재밌다.

물자가 귀한 쿠바에서는 생활 용품을 구하는 게 쉽지 않으니 오래된 물건도 아껴 쓰며 버리지 않는다. 그 물건을 오래 사용하기 위해 형태를 변형시키고 계속 고쳐 쓰는 셈이다. 물건만 새롭게 만들어내는 것이 아니다.

쿠바노들은 때로는 좋은 옷과 신발, 향수를 사용하곤 한다. 무례하게도 월급이 얼마냐고 물어보면 40~50달러 선인데 한국과 비슷한 물가의 물건을 구입하거나 친구들과 파티를 하고 여행을 떠나기도 한다. 어떻게 가능한지 쿠바노들도 모른다. 그저 인벤타를 했겠거니 생각할 뿐이다. 거리에 나가 외국인 친구를 만들든, 외국인과 결혼을 하든 집에 있는 골동품이나 옷가지를 팔든 쿠바노들의 삶의 조직과 체계는 기존의 틀을 고수하는 것이 아니라 그들만의 방식으로 만들어간다. 인벤타는 쿠바에서 생존을 위해 끊임없이 구사해야 하는 전략이기도 하다.

내 친구는 큰 병원의 의사이다. 넉넉지 않은 의사 월급의 부족함을 메우기 위해 부업으로 시작한 것은 빠께떼(Paqute) 비즈니스다. 외장하드에 드라마나 영화 음악 등을 복사해 각가정으로 배달해주고 돈을 번다.

극장에서 일을 하는 사람들은 공연 티켓을 빼돌려 외부에서 가격을 높게 책정해 팔기도 하고 새벽에 나가 대신 줄을 서주거나, 물건을 싸게 산 후 비싼 가격으로 되파는 방법, 즉 레벤데도라(Revendedora)가 되는 방법은 가장 쉬운 인벤타이다. 경제적인 분야뿐 아니라 상황을 모면하기 위한 즉흥적인 기지, 임기응변의 재치도 인벤타에 속한다. 외국인 남자친구를 만나러 가는데 쿠바 남자친구를 데리고 나가 사촌이라고 속이기도 한다. 이런 인벤타를 들을 때면 내가 다 부끄러울 지경이다.

쿠바에서 나의 삶도 인벤타의 연속이다. 아이스박스의 배수구 뚜껑이 떨어져 정수기의 플라스틱 꼭지를 달았다. 물이 새지 않으면서 꼭지를 눌러 물을 빼낼 수 있다. 그럴듯하다. 친구들과 바닷가에 놀러가서 숯불구이를 했다. 아바나에서 숯을 준비해갔지만 고기를 올려놓을 그릴을 준

비하지 못했다. 우리는 마시던 맥주 캔을 찌그려 숯 위에 올렸다. 맥주 캔이 그릴로 변신했다. 새우를 나뭇가지에 꿰어 굽고 문어와 닭다리를 구웠다.

모든 것들을 완벽하게 구비하고 살 수는 없다. 없는 것들을 기지를 이용해 대체하고 그 대체품이 자랑스럽기만 하다. 세상 어디에도 없는 나의 아이디어! 이것이 인벤타의 세계이자 '궁즉통'인 것이다. 없어서 불안한 것이 아니라 없는 것은 오히려 생각할 여유와 세상에 하나밖에 없는 '나의 것'을 만들었다는 자부심을 선사해 준다.

한번은 수건걸이가 떨어져 나간 적이 있었다. 아우구스토는 길에서 직선으로 예쁘게 똑 떨어진 나뭇가지를 주워와 수건걸이를 만들었다. 사이즈도 정확했다. 새 걸 사기보다 대체품을 만드는 생활의 지혜가 돋보이는 이런 인벤타들은 근사한 예술작품처럼 보이기도 한다.

어쩌면 어린 시절부터 '인벤타'를 해 온 쿠바노들은 1인 벤처 창업자이자 창조경제의 모범 사례가 될 수 있을지도 모르겠다.

라이터 충전해주는 아저씨

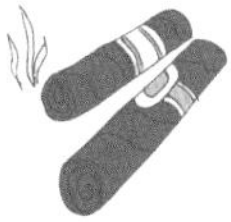

물자가 귀한 쿠바에서는 라이터 구하기가 매우 어렵다. 관광지나 시가를 취급하는 곳에서 팔기도 하는데 가격이 한국보다 비싸다. 쿠바에서 신기하게 생각했던 것은 라이터를 충전해주는 것을 직업으로 삼는 아저씨들이 있다는 것. 가격은 사람마다 조금 다른 것 같다. 편의점에서 손만 뻗으면 살 수 있는 이 라이터가 매우 귀한 것을 알고 쿠바에 올 때마다 터보 라이터를 선물하려고 챙겨오는데 공항에서 늘 빼앗기다 보니 아쉽다.

라이터로는 온수기에 불을 붙여줘야 하고 가스레인지와 오븐도 켜야 한다. 라이터 가스가 떨어지면 수소문해서 충전하는 아저씨를 찾아간다. 동네의 재래시장 입구 옆에 오전에만 두어 시간 라이터 가스를 충전하시는 아저씨가 있다. 늘 마스크를 쓰고 계시는 이 아저씨는 말도 없고 눈으로 말씀을 하신다. 몇 년째 난 그분의 큰 목소리를 들어본 적이 없다. 쿠바 아저씨치고 참하시다. 반면에 그 눈빛은 갱단의 보스 같기도 하고 매우 강렬해서 아저씨 앞에서는 이유 없이 눈을 내리깔게 된다. 기다리면서 보니 아저씨가 라이터를 팔기도 한다. 라이터 충전가스는 구하기가 매우 힘들었을 텐데 어떻게 이걸 쿠바로 들여왔지. 이런저런 생각을 하며 충전하시는 아저씨를 관찰한다. 충전가스는 살충제 스프레이에 담겼다. 설마 라이터 가스에 살충제 스프레이를 충전하시나? 충전이 끝나면 나도 모르게 살짝 라이터를 코에 가까이 대어 보지만 살충제 냄새는 없다.

한쪽에서는 할머니 할아버지들이 장볼 때 필요한 비닐봉지를 팔기도 하고 성냥, 강력접착제 양초 면봉 수세미를 파신다. 뭐 하나 소홀히 지나칠 수 없다. 눈여겨 봐둬야 나중에 내가 필요한 물건을 살 수 있을 테니 말이다. 실제로 몇 번 구입해 봤지만, 늘 불량품이었다. 그 이후로는 노점에서는 물건을 절대 사지 않는다. 너무 많이 속았다.

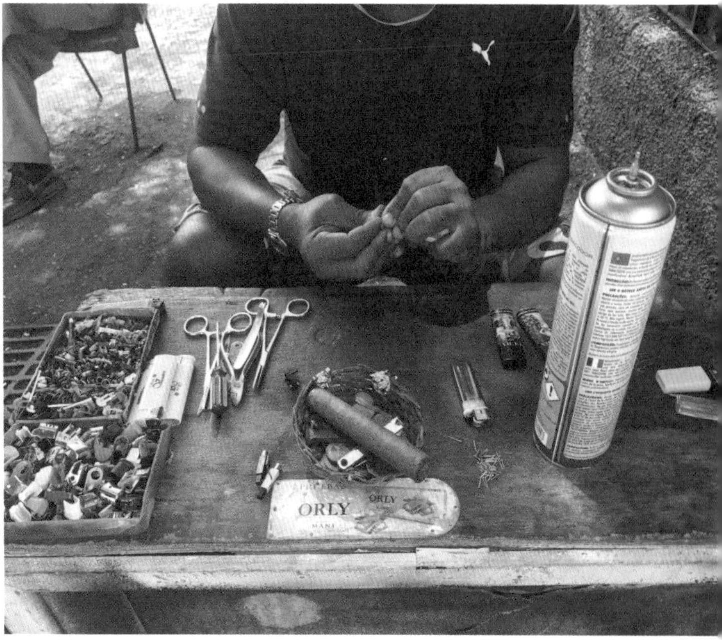

아저씨는 몇 년 동안 같은 자리에서 매일 라이터 충전을 하시는데 가격은 이삼백 원 정도 한다. 이걸 몇 번을 충전해야 생활이 될까 궁금했지만 아저씨에게선 쉽게 말을 걸 수 없는 위엄이 느껴진다.

오늘도 라이터 충전하는 곳에 쿠바노들이 줄을 길게 섰

다. 사람들이 충전을 아주 많이 많이 했으면 좋겠다. 마릿사 아줌마한테 아저씨가 언제 충전해서 돈 버냐고 했더니 아줌마는 충전하는 아저씨가 저 일만 할 거라고 생각지 말란다. 그럼 그렇지. 쿠바노들은 항상 무엇인가를 하고 있지. 쿠바에서는 보이는 일, 하고 있는 일이 전부가 아니다. 그래도 아저씨가 충전도 많이 하시고 라이터도 많이 파셔서 근엄한 얼굴에 떠올릴 은근한 미소를 기대해본다.

모르는 것도 안다고 하는 사람들

친구 마리아와 함께 길을 걷는데 어떤 분이 길을 물었다. 그 곳은 몇 정거장이나 더 가야 하는데 버스에서 너무 일찍 내렸다는 걸 알려드렸다. 그분은 버스에서 사람들이 잘못 알려줬다며 다시 버스를 타야 한다고 푸념했다. 잘못된 정보를 듣고 일찍 내려 낭패를 본 것이다.

한 번은 아바나 비에하 거리를 걷는데 내 앞에서 호텔 사라토가를 물어보는 여자분이 있었다. 행인은 호기롭게 텔레그라포 호텔을 가리키며 사라토가 호텔이라고 잘못된 정보를 알려주었다. 그 모습을 보고 있던 나는 슬며시 다가가 다시 정정해줬었다. 그런 일이 있고 나서 마리아와 길을 걷다 잘못된 정보를 주는 광경을 다시 목격하게 된 거다.

마리아는 "우리 쿠바노들은 잘 모르겠단 말을 하는 것을 부끄럽게 생각해. 특히 아바나에서는 누구나 아바네로*가 되고 싶어 하지. 모른다고 말하면 자기가 촌에서 온 게 들통나거든"이라고 말해주었다.

쿠바에서도 아바나 출신들은 도시의 세련됨이 몸에 배어 닳고 닳은 약삭빠른 기질이 있다는 것은 누구나 다 알고 있다. 그래도 시골에서 올라온 과히로/라**들이 아바나에 정착을 하며 도시물을 좀 먹고 촌티를 벗겨내는 과정이 있을진대, 그걸 모른다고 하는 게 쉽지 않은가보다. 생각해보니 그동안 내가 쿠바노들의 다소 잘못된 허언에 얼마나 많이 속아 왔던가.

마리아 말에 그간 내가 착각 속에 지냈다는 걸 깨닫게 되었다. 가끔 길을 묻는 쿠바노들에게 나는 큰 목소리로 또박 또박 알려주곤 했었다. 내심 '이제 사람들도 나를 이방인으로 보지 않는구나'라고 나만의 아름다운 착각에 빠져 말이다. 내게 길을 물은 이유는 외국인은 잘못된 정보를 사실 인양 알려 주지 않을 거란 그들의 기대 때문이었다.

* 아바나에 살고 있는 사람.
** 시골남녀.

그간 얼마나 많은 잘못된 정보로 나의 소중한 시간들을 빼앗겼는지. 쿠바노들 스스로도 아는 것은 큰 목소리로 드러내야 하고 모르는 것도 안다고 하는 허언증 비슷한 기질이 있다는 것을 잘 알고 있지 않았던가. 마리아도 쿠바노들의 기질적 특성이라며 자기에게도 그런면이 있다고 까르륵 호탕하게 웃는다.

나의 착각과 과히로(촌부)가 아바네로(아바나에 사는 사람)가 되기 위해 모른다는 말을 안 하는 것에 대해 나는 헛웃음이 터졌다. 쿠바노도 외국인인 내게 길을 묻는 일이 잦아졌다며 자연스럽게 이들의 삶에 묻혀가고 있다는 나의 착각과 쿠바에서 나는 영원히 이방인일 수밖에 없는 사실에 말이다.

쿠바에서는 아플 수가 없다

어느 날 산책하고 있는데 거리에서 누가 큰 소리로 내 이름을 부른다. 낯선 아저씨가 손을 흔들고 활짝 웃는다.

"나야 나. 의사. 기억 안 나? 며칠 전 내 진료 받았잖아."

한 번 진료 받은 의사 아저씨였다. 그는 이렇게 쉽게 지인이 되었다.

동네 폴리클리닉(콘술토리오는 1차 의료기관, 폴리클리닉은 2차 의료기관)에 알러지 주사나 감기 치료를 받으러 가면 외국인이라 쿠바 신분증을 요구한다. 외국인 전문 병원에 가서 진료비를 내고 검사를 받으라는 것이다. 그럴 때마다 모든 환자는 평등한 권리를 가지고 있는 것이 아니냐며, 의사 앞에 외국인 환자, 쿠바 환자 구별해서 치료하냐고 불평하면 의사들 대부분이 웃으면서 처방이나 처치를 해주었다.

길에서 본 의사 아저씨도 이렇게 해서 지인이 된 것이다. 지금은 쿠바 신분증(영주권)이 있어서 자유롭게 쿠바 병원을 다니고 있지만 신분증이 나오기 전에는 늘 아우구스토나 다른 쿠바노들과 함께 병원에 가야 했었다. 외국인 신분이라 쿠바 병원에서 잘 받아주려고 하지 않는다. 외국인 병원에 가라고 하는 이유도 자국에서는 비싼 돈을 내고 치료받으면서 쿠바에 와서 공짜 치료 받으려 하냐는 심리도 있고, 외국인 병원에서는 외화를 벌어들일 수 있기 때문이다.

팬데믹 이전에는 쿠바 병원이나 폴리클리닉도 어느 정도 기능을 했었다. 약이나 주사약, 항생제 등을 구하는 것이 어렵지 않았다. 병원에 지인이 있으면 더 빨리 순서와 시간을 단축해서 검사를 하는 일은 예전이나 지금이나 같지만 말이다.

팬데믹 이후, 쿠바를 떠나는 의료진들도 많다 보니 대부분의 폴리클리니코나 3차 진료기관인 호스피탈의 의사들은 외국 유학생으로 대체되었다. 예전에는 진료 후 의사와 앉아 한국 이야기나 동네 이야기 등을 주고받았었는데 의사가 아닌 레지던트들이 진료를 보다 보니 정감 있는 대화는 조금 어렵다. 쿠바노들의 성향이 남미, 아프리카 사람들이 다르기 때문이다.

가끔 나는 콘술토리오 주치의에게 전화를 걸어 도움을 구한다. 가정 방문을 하러 가는 주치의를 창문가에서 큰 소리로 불렀다.
“요새 잘 지내요? 바쁘시지 않으면 우리 집에 와서 커피 마시고 가세요.”
한국에서 지나가는 의사들에게 한 번도 해본 적 없는 말이 입에서 술술 나온다.
팬데믹 이전에는 쿠바의 의료 기기들은 노후됐고 최첨단 의료기기는 없다고 해도 동네 콘술토리오 의료진 덕분에 쿠바의료시스템의 보호 아래 있다는 생각이 들었었다. 언제든지 아픈 나를 보러 와주는 왕진 의사가 있다는 것이 든든하기도 했다.

쿠바의 의료체계는 자본주의 체제 내에서의 의료 시스템처럼 내게 맞는 의사와 진료 등을 선택할 수 있는 자유가 없다. 소비자 중심의 의료가 아니라 보편적 의료 서비스를 제시하는 국가가 주체가 되는 체계이다. 24시간 운영하는 폴리클리닉과 약국 등은 편리한 시스템이기는 하지만 그래도 첨단 기기를 사용해서 짧은 시간에 검사를 끝내는 우리네한테는 쿠바 병원 시스템은 불편할 수밖에 없다.

'마이클 무어'가 만든 영화 〈식코(2008년)〉에 보면 미국에서 보험 혜택을 받지 못하는 환자들이 보트를 타고 쿠바에 온다. 그들은 진료를 받고 1달러도 안 되는 가격에 약을 처방받아 구입을 한다. 미국의 의료시스템을 비판하기 위해 마이클 무어는 쿠바의 공공의료 체계를 미국의 체계와 비교 제시했다. 아마 이때는 쿠바에는 의사 수도 적절했고 약국에는 약이 부족하지는 않았었지 싶다.

그렇지만, 요 몇 년 사이 쿠바에서 약을 구하는 게 매우 어려워졌다. 아픈 사람들은 약을 구하지 못해 웃돈을 주고 약을 구해야 하고 환자들은 진료만 받고 제대로 된 치료는 받지 못하는 사례가 많아졌다. 체 게바라와 피델 카스트로가 꿈꾸었던 '전국민의 보편적 의료시스템'이라는 취지가 현실 속에서 효율적으로 이루어지기에 쿠바의 경제적 현실은 너무나 가혹하다.

쿠바 시동생의 죽음으로 충격을 받은 시아버지*는 아직도 집에서 병상에 있다. 연로한 그의 몸을 지탱해 줄 식량과 약, 그리고 의료 기구를 구하기 위해 여기저기 수소문하고 발로 뛰는 남편 아우구스토를 보면서 전국민의 보편적 의료 체계에 쿠바노들이 어떻게 하면 만족스러워할지 고민했다. 그리고 수소문해서 구하는 엄청난 가격의 약값에 분주하게 움직여야 하는 그의 모습이 측은했다.

내가 경험한 쿠바의 의료 체계도 결국은 돈이 없으면 제대로 혜택을 보기 어려운 지경이 되었다는 게 씁쓸했다. 체계적인 진료 시스템을 가지고 있어 무상의료의 천국으로 한때 불렸던 나라. 그렇지만 효율성과 경제성이 뒷받침되지 않아 의료행정은 이제 국민들의 전폭적인 지지를 받기가 어려워 보인다. 뛰어난 의료진이 많다고 해도 그것을 뒷받침할 수 있는 첨단 의료 장비의 부재와 과중한 업무와 적은 월급을 견디기 어려워 의료진들이 제3국을 선택해야 하는 현실은 쿠바 정부가 해결해야 할 시급한

* 시아버지는 젊은 시절 목수와 전기기술자 일을 했었다. 그 외 3가지 자격증을 더 보여주셨는데 기억이 잘 나지 않는다. 스페인 카나리아 군도에서 사셨던 부모님을 따라 쿠바로 이주했고, 스페인 국적을 되찾을 기회가 있었지만 피델 카스트로의 열렬한 지지자셨고, '쿠바노'로서의 정체성이 강하신 분이셨다. 그리고 2023년에 돌아가셨다.

문제이다.

최근에는 미국으로 빠져나가는 의사 수가 너무 많아져서 유학생 레지던트들이 그 자리를 대신하다 보니 의료 사고가 빈번하다. 예전에는 몸이 아프면 늦은 시간이라도 아무 때나 폴리클리니코에 갔었는데 이제는 인터넷 검색을 한다. 얼마 전에 엄지손가락 옆에 뼛조각이 떨어져 나갔는데 칠레에서 온 레지던트가 깁스를 45일 동안 하고 있어야 한다고 했다. 45일 동안 깁스를 하고 최종 엑스레이를 찍은 날, 나는 그 칠레 레지던트를 찾아가 멱살이라도 잡고 싶었다. 뼈는 붙지도 않았을 뿐만 아니라 그날 바로 뼛조각 제거 수술을 했어야 한다고 했다.

그때부터 쿠바에서 자칭 의사라며 활동하고 있는 유학생 의대생에 대한 불신이 생겼다. 말로만 듣던 일이 내게 생긴 것이다. 손을 전문으로 보는 전문의를 만나러 새벽 7시에 큰 병원을 찾았다. 정형외과 의사들 세 명이 내 차트와 엑스레이를 보더니 미안하다고 하면서 진단서를 보여달라고 했다. 그들은 누가 진단을 내렸는지 이름을 확인하고 그날 바로 수술하지 못해 미안하다고 하면서 물리치료밖에 할 수 없다고 했다. 45일 동안 불편함을 감수하고 살았는데 이런 결과가 나오다니 기가 막혔다. 한국에 엑스레이를 보냈다. 한국에서도 그날 바로 수술을 했어야 했다며 지금은 늦었다고 했다.

쿠바에서 병을 고치려다 병을 얻고 더불어 마음의 병까지 얻게 생겼다며 이웃들에게 하소연했다. 이웃들은 이제야 앙헬라가 쿠바를 조금씩 알아간다며 자신들의 경험담을 늘어놓기 시작했다. 깁스의 붕대도 없어서 암시장에서 한국보다 비싼 돈을 주고 샀다. 의대에 다니는 유학생들이 붕대와 약을 가져와서 판다. 의대생들이 약과 붕대를 파는 게 조금 이상해보였지만 급한대로 쿠바노들이나 외국인들에게는 도움이 된다.

쿠바노들이 그토록 민간 요법에 집착하는 이유를 알게 되었다. 때로는 말도 안 되는 민간요법을 권하는 친구들의 진지함에 놀라곤 했지만 약도 없고 의사도 별 볼 일 없다면 스스로가 자기 치료를 할 수밖에 없다. 무상의료, 무상교육을 자랑하던 쿠바의 위상은 이제 사라지고 없다. 사람들이 그렇게 비타민C에 집착하는 이유도 알고 보면 쿠바노들의 영양 불균형 상태가 그만큼 심각하다는 뜻이기도 하다.

처음에 쿠바에서 경험했던 쿠바의 만족스러웠던 의료 시스템이 경제적 상황으로 인해 심각한 사태를 맞게 되어 불안했다. 간단한 처치로 해결할 수 있는데 절단까지 해야하는 지경에 몰린 쿠바노들을 보니 두려운 마음이 생겼다. 쿠바는 지금 예전의 질 좋은 전국민의 보편적 의료 서비스 체제가 붕괴된 상태다. 마이클 무어 감독이 다큐에서 극찬했던 쿠바의 의료 현실은 지난날의 명성으로 기억될 뿐이다. 아쉽지만 쿠바 경제가 조금이라도 나아져 병원 설비나 의료 시스템을 보강할 날이 빨리 오기를 바랄 뿐이다. 그때까지 나는 아플 수 없다.

쿠바의 물부족 문제

쿠바의 물은 그냥 마실 수가 없다. 편리하게 정수하는 시스템이 쿠바에는 없고 정수가 안 되다 보니까 물 안에 석회질이 남는다. 쿠바의 물에는 '아메바'와 '모닐라'들이 기생하고 있다. 정부의 노력에도 불구하고 수도 파이프가 근본적으로 개선이 되지 않다 보니 양질의 물을 구하는 것은 어렵다.

쿠바는 대체로 오래되고 낡은 수도관을 통해서 물을 공급하는 시스템을 갖추었다. 이틀에 한 번꼴로 물이 각 세대 물 저장소(Sisterna)로 보내지고 이 물은 각 가정의 물탱크로 모터를 통해 돌려서 올려지게 된다. 이때 모터는 아주 중요한 역할을 한다. 모터가 고장 나면 저장소의 물을 옥상의 물탱크로 올릴 수 없기 때문이다. 밀린 빨래를 한다고 세탁기를 여러 번 돌리면 그 이후 물은 사용할 수 없다. 그리고 물탱크의 물이 동나지 않도록 잘 분배해서 사용해야 한다.

물 사정이 가장 안 좋은 곳은 관광지로 유명한 '아바나 비에하' 지역과 '센트로 아바나'이다. 관광객들은 찔끔찔끔 나오는 물에 샤워하느라 1시간이나 걸리겠다고 농담을 한다. '아바나 비에하', '센트로 아바나'의 낡은 수도관 문제 때문에 물이 부족한 경우 정부에서는 '피파(Pipa: 물차이지만 얼핏 보면 우리 어린 시절의 똥차처럼 생김)'를 긴급하게 보낸다. 그것마저 언제 올지 장담할 수 없다. 그래서 뒷돈을 주고 부르기도 하는데 이웃들이 십시일반해야 하는 상황에서 다들 눈치만 본다.

게다가 개인이 '피파(Pipa)'를 부르는 것은 불법이다. 모두 여유가 없는 상황에서 여유 있는 누군가만 특혜를 본다는 것을 허락하지 못한다는 것이다. 그리고 다가구가 사는 아파트일 경우 한 입주자가 다른 가정보다 더 큰 물탱크로 교체했을 경우에도 이웃들과 마찰을 빚을 각오를 해야 한다. 빌딩 저장소의 물은 공동의 것이기 때문에 누군가 더 많이 사용하면 갈등이 생긴다. 그건 이기적인 행동이다.

"아구아(Agua: 물)! 아주카(Azucar: 설탕)!"
쿠바노들이 음악을 듣거나 춤을 출 때 흥이 넘치면 추임새를 이렇게 넣는다. 사탕수수가 넘쳐나는 쿠바다. 무더위를 이겨내기 위해 사탕수수를 즉석으로 짜서 마시면 가슴까지 시원해진다. 이 사탕수수 즙(Guarapo)은 피곤에 지쳤을 때 스테미나를 불끈 솟게 한다고 한다. 쿠바의 정력제인 셈이다. 설탕과 함께 어우러져 흥이 절정에 올랐을 때의 달콤한 탄성인 "아구아!" 이 외침은 몰입의 절정에 올랐을 때 그 열기를 식히기 위한 추임새이다. 춤을 출 때 "아구아!"하고 추임새를 넣는 모습을 보면 다들 하늘에 손을 올려 물을 뿌려달라는 시늉을 한다.

미국으로 망명한 쿠바의 전설적 살사 가수 셀리아 크루즈는 무대에서 노래할 때마다 "아구아", "아쑤까르"를 외치며 흥을 돋우었다. 쿠바의 물 문제는 심각하다. 사람들은 그래도 상황에 맞게 잘 적응하며 살고 있다. 특히나 외국인인 내게 쿠바의 물 문제는 번거롭고 복잡한 문제 중의 하나다.

쿠바에서 생활하려면 불편함을 감수해야 한다

CUBA 센트로 아바나의 시댁에 잠시 살 때 이웃들이 양동이를 가지고 와서 물을 달라고 했다. 아우구스토는 군말 없이 물을 내어준다. 물이 나오지 않아 불편한 것은 정전이 됐을 때이다. 정전이 되면 모터를 돌릴 수가 없어 물탱크에 물을 채우지 못한다. 쿠바 경제의 현실을 알기 때문에 불평을 하지 않으려고 하다가도 가장 더운 날 단수가 되거나 정전이 되면 혁명 프로간다가 텔레비전에서 나온 때, 혼자서 갖은 불평을 할 수밖에 없다. 이런 상황에서 사람들에게 혁명정신이 먹힐지 모르겠다.

이틀에 한 번, 아침 10시쯤에는 어김없이 모터가 돌아가고 아우구스토는 모터 돌리는 시간을 9분으로 맞춰 놓는다. 그러면 이웃들의 탱크도 얼추 채워지는 시간이라고 한다. 나는 열심히 필터를 하고 물을 끓인다. 쿠바인들이 흥이 나면 그토록 "아구아", "아쑤까르"를 외쳐 대는지 이제는 알 것 같다. 하늘을 향해 손을 뻗어 물을 달라는 동작을 하는 그들의 간절한 마음에 나도 하나가 된다. 그리고 어느새 쿠바 음악을 듣거나 춤을 출 때면 "아구아(Agua)"를 외치는 것이 어색하지 않다.

물이 나오게 하려면 전기가 필요하고 전기를 생산하기 위해서는 석유가 필요하다. 쿠바는 석유를 수입한다. 베네수엘라에 의사를 파견하고 싸게 석유를 받아온다. 끝이 없는 연결 고리를 쿠바가 언제까지 감당할 수 있을까. 괜히 내 마음이 짠해진다. 더운 날, 정부가 보낸 pipa 앞에 줄이 늘어선 걸 본다. 뜨거운 날, 물이 없어 고통을 받는 사람들의 얼굴이 무기력하다. 양동이를 들고 물차 앞에 늘어선 사람들은 때로 경찰들에게 항변하지만 경찰들도 해결해줄 수는 없다. 낙후되고 오래된 동네에서 이런 일이 빈번한 것도 안타깝다. 특히 관광지는 쿠바의 오랜 역사를 그대로 보여주고 유네스코의 지원을 받고 있지만 낡은 수도관을 교체하는 일은 아직도 요원해 보인다. 건물의 외관을 정부와 유네스코의 허가 없이 고치는 것은 불법이다. 쿠바 밖에서 사람들은 이런 낡은 외관과 올드카 등을 보러 온다. 때로는 "쿠바가 변하기 전에 빨리 가봐야지"라고 말을 하기도 한다. 그런 말들을 들을 때마다 불편함을 생활화하고 살아가는 쿠바노들에게는 미안하기만 하다. 쿠바노들도 쾌적하고 좋은 환경에서 생활할 권리가 있기 때문이다.

예고도 기약도 없는 단수와 단전에 불편한 얼굴로 하소연하다 그들의 얼굴을 본다. 그런데 그들의 얼굴에는 깊은 분노는 느낄 수 없다. 만성화된 어려움에 직면한 경험이 많은 그들은 상황에 익숙해진 것인지 체념한 것인지 모르겠다. 해결할 수 없는 문제를 잡고 오랜 시간 고민하기보다, 빨리 해결책을 찾지 못할 거라면 쿠바의 뜨겁고 강렬한 태양 아래 현재의 미소를, 명랑함을, 생명을 잊지는 말자는 듯, 그들은 두 손바닥을 털고 다시 일어선다.

애쓰지 않는다. 애써서 마음 다치고 슬픔과 우울함에 빠져 있느니 없음의 현재를 흔쾌히 받아들이는 삶의 지혜를 터득한 사람들로 보였다. 물이 안 나온다고 거리에서 항의를 하고 빈 양동이를 두들겨도 돌아서면 언제 그랬냐는 듯 앞으로 성큼성큼 걸어 나가는 그들. 그 특유의 낙천성은 쿠바의 태양이 선사해 준 그들만의 삶의 방식일 것이다. 음악이 나오면 그들은 하늘에 손을 뻗어 또 외칠 것이다. 앞서 언급했던 쿠바 살사의 여왕 셀리아 크루즈의 노래 '인생은 카니발(La vida es un carnaval)'처럼 말이다.

Todo aquel que piense que la vida es desigual

(삶이 불공평하다고 생각하는 이들이여)

Tiene que saber que no es as

(그렇지 않다는 걸 알아야 해요)

Que la vida es una hermosura,

(삶이란 아름다움 그 자체)

hay que vivirla

(당신은 살아나가야만 해요)

Todo aquel que piense que está solo y que está mal

(난 혼자라고, 되는 일이 없다고 생각하는 사람들이여)

Tiene que saber que no es asi

(그렇지 않다는 걸 알아야만 해요)

Que en la vida no hay nadie solo,

(삶에서 누구도 혼자인 사람은 없어요)

siempre hay alguien

(항상 누군가가 있게 마련이에요)

Ay, no hay que llorar,

(아, 울 필요 없어요)

que la vida es un carnaval

(인생은 카니발이니까요)

Es más bello vivir cantando

(노래하며 산다면 인생은 훨씬 더 아름다워요)

Oh, oh, oh, ay, no hay que llorar

(오~~ 울 필요 없어요)

Que la vida es un carnaval

(인생은 무도회니까요)

…

(중략)

쿠바에서 만난 시리아 여인

한때, 우리 집 2층에는 시리아에서 온 '파티마'와 그녀의 아들 둘이 살았었다. 파티마는 스물두 살, 아들은 일곱 살과 세 살이었다. 젊은 나이에 결혼해서 어떻게 쿠바까지 들어왔는지 궁금했다. 늘 히잡을 쓰고 있어서 얼굴을 자세히 보진 못했지만 히잡 사이로 삐져나온 머리카락과 에메랄드 빛 눈동자가 매력적이었다.

그녀와 인사만 하고 지내다가 친해진 계기가 있었다. 어느 날 밤 새벽 1시쯤 2층에서 문을 쾅쾅 닫고 육중한 것들이 굴러가는 소리가 계속 들려 내려가 봤다. 노크를 했다. 그녀는 밝게 웃고 있었다. 아이들은 그 시간까지 잠을 안 자고 자전거를 타고 소리 지르며 놀고 있었다. 집안에서 자전거라니. 게다가 대리석 테이블의 모서리도 깨진 것처럼 보였다. 그녀에게 아이들이 잠을 자야 할 것 같다고 말했지만 영어도 스페인어도 모르는지 그냥 웃는다.

다음날, 유네스코 사무실의 한 청년이 방문했다. 그는 파티마의 남편이 가정 폭력으로 현재 지방의 감옥에 가 있으며 아마 아이들을 다시 보기는 어려울 것이라고 했다. 영어도 스페인어도 못하는 그녀가 자기의 처지를 내게 설명해 달라고 해서 들렀다며 곧 그녀와 아이들은 그녀의 아버지가 난민으로 입국한 유럽으로 떠나게 될 것이며 그 기간동안 아이들이 시끄럽게 굴어도 조금 이해해 달라고 했다.

그녀의 가족들은 시리아에서 난민으로 쿠바에 입국했다. 쿠바에서 스위스나 독일이 난민신청을 받아 줄 때까지 대기 중이라고 했다. 그동안 그녀의 남편은 시리아에서 하던 대로 그녀에게 폭력을 행사했고 쿠바의 이웃들이 결국 경찰을 불렀다고 했다. 그녀는 아직도 다리에 선명하게 남아 있는 상처를 보여주었다. 이후 공원에서 마주칠 때마다 우리는 서로의 안부를 물었고 시간이 흘러 그녀의 스페인어는 놀랍도록 향상되어 있었다.

한번은 아이들에게 간식을 좀 주려고 내려가 보았다. 집 안에서 히잡을 벗은 파티마의 눈과 얼굴에서 빛이 났다. 히잡 속 그녀의 나이를 짐작하기 어려웠었는데 그제야 그녀의 나이가 짐작이 되었다.
'아이가 아이를 버겁게 키우고 있구나.'
이웃들은 그녀가 아이들을 위해 요리를 하지 않고 과자만 먹인다고들 수군댔다. 놀라운 쿠바노들, 집에서 그녀가 요리를 하지 않는 것까지 알고 있다니.

쿠바도 형편이 어려운데 난민을 받아들이고 있는지는 몰랐다. 인도주의적 차원에서 인터내셔널리즘을 실천하고 있는 쿠바. 난민은 받아들이지만 이들이 제3국으로 가기 전까지 모든 비용은 유엔의 지원을 받는다. 종교와 이념을 떠나 차별 없이 난민을 받아들이는 쿠바가 외부의 지원 없이 난민을 돕는다는 것은 무리라는 것을 안다. 난민은 받아들이되, 유엔의 지원을 받는 시스템이라고 했다.

아바나 동쪽 바다로 아우구스토와 드라이브를 가다가 '따라라(Tarara)' 지역 옆을 지났다. 아바나 동쪽 해변이 시작되는 곳이다. 도로변에는 큰 학교 건물들이 늘어서 있다. 이곳에는 지금 의대나 과학, 약학대 학교 등이 있어 아프리카나 중국에서 유학 온 학생들이 공부를 하고 있다고 했다. 그리고 체르노빌 원전 사고로 인해 체르노빌 사람들이 대거 이주를 해야 했는데 쿠바도 이들을 타라라에 난민촌을 만들어 받아들였다고 했다. 지금은 러시아의 후손들이 흩어져 살고 있는데 쿠바에도 러시아 사람들이 꽤 많이 살고 있다.

인터내셔널리즘을 실천하는 것에 대해 자부심이 큰 쿠바. 혁명을 통해 새로운 인간형을 제시하고 체 게바라를 쿠바의 '뉴맨(New man: 이상적 인간형)'이라 부르며 바람직한 쿠바인의 인간상을 제시한 그들은 중남미 국가에서도 늘 앞장서서 어려운 국가들을 도왔다. 2년 후, 파티마는 아이들을 데리고 새로운 삶을 살기 위해 스위스로 곧 떠난다고 했다. 독일은 아직 허가가 나지 않아 더 빨리 허가를 내준 스위스로 간다고 했다. 쿠바 정부는 난민으로 생활하는 2년여의 시간 동안 파티마가 편안하게 지낼 수 있도록 최대한 지원을 아끼지 않았다. 우리는 공원에서 우연히 다시 마주쳤다. 그녀는 반가워하며 달려와 스위스로 떠난다면서 밝게 웃었다. 우리는 포옹하고 볼키스를 했다. 나는 그녀와 아이들의 행복을 진심으로 빌었다. 남편은 아직 감옥에 있다고 했다.

쿠바에서 시리아의 난민으로 생활하는데 문제없이 편안하게 잘 지내다 간다고 환하게 웃는 그녀, 남편의 폭력으로부터 벗어나 아이들과 새로운 미래를 꿈꾸게 될 그녀와 아이들과 함께 한참이나 앉아 수다를 떨었다. 언젠가 만날 수 없다고 해도 쿠바가 인연이 되어 만난 우리는 이미 친구였다.

쿠바에서의 집짓기

우리 집 근처에는 3층으로 된 근사한 정부 주택이 있다. 이곳은 임신 7개월 이후부터 임신 중독이나 당뇨 등으로 고생을 하는 산모들이 출산 전후에 쉬면서 의사들의 집중 치료를 받을 수 있는 곳이다. 정부 소유의 건물이다. 쿠바의 국영 주택들은 5번가, 낀따(Quinta)의 대로변에 밀집해 있는데 대부분이 외국 대사관으로 쿠바 정부가 임대를 하고 있다.

쿠바는 혁명 이후 개인의 부동산 매매를 금지했다. 부모로부터 유산 상속을 받는 것은 허용하나 개인이 부동산을 매매하는 것은 2014년 법 개정 이후에 이루어졌다. 개인은 도시에 주택 한 채, 그리고 바닷가나 시골 등지에 또 하나의 가옥 이렇게 엄격한 법적 테두리 안에서 1인 2주택을 소유할 수 있다. 우리와 다른 점이 있다면 우리는

'한 가구당'이라는 용어를 사용하여 가족 전체, 결혼이라는 시스템에 기반하여 법적 소유를 규정한다면, 쿠바는 가구가 아닌 '한 사람당'이라는 법적 소유를 매개로 한다. 결혼을 거의 하지 않는 쿠바노의 현실을 반영했다.

우리 동네에 있는 정부의 '산모의 집'은 처음에는 개인 소유였었다고 했다. 이 집의 소유주는 처음에 1층이었던 주택에 돈을 들여 2층, 그리고 3층까지 증축했다. 부동산 건축을 하기 위해서는 먼저 정부의 허가가 필요하다. 한국과 비슷하지만 실제 허가를 받기까지의 과정은 매우 복잡하고 상당히 오래 기다려야 한다. 허가가 났다고 해도 그 이후 건축을 하는 것도 또한 커다란 난제이다.

실소유자는 쿠바노지만 쿠바 정부에서 허가를 받고 운영하는 까사 파티쿨라(Casa particular: 일종의 민박) 같은 경우는 외국인이 소유한 경우*도 더러 있다. 마이애미에 살고 있는 쿠바노. 그리고 스페인과 쿠바의 이중국적자들은 일반주택을 구매한 후, 민박집을 만들기 위해 건축이나 인테리어 단장을 새로 한다. '브리가다'라고 하는 건축 반장을

* 외국인은 쿠바의 주택을 소유할 수 없다. 정부 소유의 콘도미니엄 형태의 주택은 쿠바 정부로부터 매입할 수 있다.

잘 선택하면 운이 좋다. 건축자재는 대부분 수입이기 때문에 공급이 매우 어렵다. 브리가다의 능력에 따라 건축자재를 신속하고 정확하게 공급할 수 있고 브리가다가 꾸린 팀원들이 힘을 합쳐 일을 끝내야 하기 때문이다.

모든 건축자재가 여기서는 다 문제가 된다. 시멘트는 한 사람당 10포대만 살 수 있다. 정부가 공급하는 날짜가 되면 시멘트 100포대가 필요한 경우 자기가 알고 있는 사람들의 신분증을 10개 정도 모은다. 그리고 그 신분증을 들고 가서 시멘트를 10명이 구매하는 것처럼 하여 살 수 있다. 시멘트 100포대를 구하기 위한 노력은 눈물겹다. 트럭도 맞춰야 하고, 시멘트를 사기 위한 줄을 서야 하니 줄을 서는 사람을 또 구해야 한다. 시멘트를 사고 나서 영수증은 잘 보관해야 한다. 질투가 난 이웃들이 정부에 정보를 흘리기라도 하면 정부에서 사람을 보내 시멘트 영수증을 보여달라고 한다. 시멘트를 트럭으로 산다는 것이 불가능하고 그것은 불법이기 때문에 증축을 하게 되면 이웃들에게 책을 잡히지 않기 위해 상당한 공을 들여야 한다.

거의 모든 건축자재를 이런 식으로 구하기 때문에 쿠바에서 집을 짓는다는 일은 보통 스트레스가 아니다. 정해진 가격이 없고, 필요한 만큼의 건축자재를 얻기 위해 더 많이 분주하게 움직여야 한다. 그 기다림의 시간은 쿠바노들만이 견딜 수 있는 특이한 인고의 시간이라고 감히 말하고 싶다. 자본주의 시스템의 효율성과 편리함에 길들여진 사람들이 생전 겪어보지 못한 눈치를 보며 물건을 사들이는 일, 웃돈을 주고서라도 눈에 띄는 즉시 사재기를 하다시피 싹 쓸어 와야 하는 일들은 견딜 수 없이 힘든 일이다. 게다가 외국인이 비즈니스에 끼어 있는 것을 눈치채게 되면 중간에 가격이 폭등하기 시작하기 때문에 내 소유의 무엇인가를 한다고 해도 앞에 나가서 큰소리를 친다는 것은 생각조차 할 수 없는 일이다.

동네 '산모의 집'이 정부에 넘어가게 된 것도 다 이런 이유 때문이다. 잘 나가는 쿠바노가 계속 증축하게 되자 이웃들이 정부에 고발했고, 정부는 이 사람의 자금 출처 조사를 해서 돈의 출처를 밝히지 못했다는 이유로 집을 몰수했다. 쿠바에서 집을 짓고 내부 수리를 한다는 것은 보통의 각오를 가지고는 할 수 없는 일이다.
비즈니스도 마찬가지다. 쿠바노들은 자신들의 비즈니스

가 잘되면 정부에서 나와 언제 무용지물로 만들지 모른다면서 늘 긴장의 촉을 세운다. 장사가 잘되어 노동자를 고용하고 부가가치를 창출하여 사회에 공헌하는 면은 쿠바에서 중요하지 않은 것 같다. 모두가 잘 살거나 모두가 못 살거나, 쿠바 사회주의 시스템은 개인이 비즈니스를 해서 막대한 부를 창출하는 것을 허락하지 않는다. 긴장 속에서 튀지 않도록 비즈니스를 운영해야 하니 장사가 잘 되는 것과는 별개로 정부의 단속을 피하는 일, 아니 정부의 눈 밖에 나지 않는 일은 그 사람의 재량이 된다.

심지어 길거리에서 물건을 사서 지나갈 때도 물건을 대량 구매한 것이 안 보이도록 가방에 넣어 움직여야 한다. 보이지 않는 쿠바의 눈은 도처에 있다. 정부의 감시가 아니더라도 사람들의 눈은 늘 나와 함께 움직이는 곳이 쿠바다.

그럼에도 불구하고 눈에 띄는 개인주택의 건축은 늘 이루어진다. 한국에서는 집이 지어지는 시간에 관심조차 없었지만 동네 증축이나 공사현장을 오가며 유심히 살핀다. 이 집이 언제 완공이 될지 언제쯤 건축이 멈추게 될지, 자재들은 무엇을 사용하는지, 아무것도 없는 나라라고 해도 용케 외국에서 자재를 잘 구해오나 보다. 좋은 브리가다* 를 만나 짧은 시간에 건축을 끝낸 집들을 바라보면서 나도 모르게 환호를 보내게 된다. 그리고 그 브리가다 번호라도 알아두어야겠다고, 알 수 없는 미래를 대비하게 되는 나. 이제 쿠바 시스템의 한 가운데서 살아남는 방법을 조금씩 터득하고 있다.

* 건축 감독, 공사현장 감독.

닭이 벌어다 주는 돈

"Los gallos me dan dinero."

투계에 출전하는 수탉이 돈을 벌어준다는 건데, 옆에 있던 아내 분이 "와이프가 그 돈을 가져간다(Su esposa se quita dinero)"며 호탕하게 웃는다.

필요한 물건이 들어왔단 정보에 줄을 서며 궁시렁거리고 있는데 내 뒤에 서 있는 아저씨의 모자를 봤다. 최근 쿠바의 투계 역사에 대해 읽은 책이 있어 호기심 발동. 아저씨와 그 부인과 대화를 이어나갔다.

수탉은 고대 로마로부터 강인한 생명력을 상징해왔다. 고대 독일인과 켈트족 사이에서는 새벽의 도래를 알리고 밤의 영혼을 몰아내는 역할을 했다. 프랑스 축구팀 유니폼에도 수탉이 수놓아져 있다.

스페인 안달루시아 항구에 발을 들여놓은 해적들이 수탉을 카리브해까지 들여왔다고 한다. 히말라야 종 중 '방키바' 종의 후손이 들어온 거라고 한다. 이 아저씨는 많은 수탉을 소유하고 있으며 공식 스포츠로 인정받은 투계판에 자신의 수탉을 내보내는 것에 대해 자부심이 대단하셨다. 내게 자격증까지 보여주시며 축구보다 더 재밌다고 하신다. 아저씨가 투계 장소를 귀띔해주셨는데 지인의 할아버지 농장이다. 그렇지만 피가 튀고 고성이 난무하며 땀에 절은 남자들이 소리를 지르며 닭을 다그치는 현장에는 가보고 싶지 않았다

읽던 책을 좀 찾아보니 쿠바 투계의 역사가 재미나다.
전문 육종가가 남긴 유명한 말.
"수탉은 과학이다."
투계의 오랜 역사를 가진 쿠바에서는 육종가들만의 노하우로 순수혈통을 지켜왔다고 한다.

헤밍웨이도 자기 집에서 투계를 시키곤 했는데 쿠바의 이 투계 시스템이 나름대로 유지되는 비결은 아직도 많은 관람자들이 있는 국가의 지원을 받는 정식 스포츠이며 쿠바

의 전통 스포츠이기 때문이라고 한다.

경기에 출전하는 닭들은 철저한 검사를 받는다고 한다. 경기 중 닭이 쪼았을 때 미끄러지게 하려고 이것저것 깃털에 무언가를 바르는 일이 있어 몸 전체에 화학 물질에 적신 솜을 발라 닦아낸다고 한다. 부정행위를 막고 수탉의 다리에 모래주머니를 달고 달리는 연습까지 시킨다는 걸 보니 쿠바에서 수탉은 과학이요, 돈 벌어다 주는 스포츠가 맞다 싶다.

닭싸움이라고는 소설 《동백꽃》의 점순이의 닭싸움만 알았던 내가 쿠바 와서 투계 역사책까지 보게 될 줄이야….
그날 저녁 메뉴는 닭강정이었다.

진짜 남자는 수프를 마시지 않는다

어떤 쿠바노들은 "진짜 남자는 수프를 마시지 않는다"라는 다소 엉뚱한 말들을 하곤 했다. 아우구스토도 말은 그렇게 했지만 한국에 있을 때는 순댓국까지 못 먹는 음식이 없었다. 그 가벼운 허언을 믿지는 않았지만 쿠바에서 생활을 하다 보니 마초임을 자처하며 국물 요리를 먹지 않는다고 농담처럼 말을 하는 쿠바노들이 있었다.

깊은 산골에서 싸우는 '맘비쎄(스페인에 저항한 독립군들)'들과 혁명군들은 게릴라 전을 펼칠 때, 면도를 할 시간이 없어 덥수룩하게 수염을 길렀다. '바르부도스(barbudos: 수염을 길게 기른 저항군들)'들이 수염 때문에 국물을 마시지 않아 생긴 표현인데(국물을 마시며 내는 소리도 남자답지 못하다고 생각하는 듯하다) 실제 쿠바의 전통 음식은 국물이 있는 '아히아코(Ajiaco)'이다.

이 국물 요리는 우리나라의 김치처럼 집집마다 요리하는 방법이나 재료가 다르다. 뜨끈하면서도 깊은 감칠맛이 나는 '아히아코'는 온갖 재료로 맛을 내었다. 마음대로 재료를 넣다 보니 지역적인 특성도 강하게 드러난다고 하는데 우리 집에서 '아히아코' 요리를 할 때면 아우구스토는 가끔 한국식으로 고춧가루를 풀어 나의 느끼한 속을 달래주기도 했다.

어느 날 우연히 쿠바 문화 인류학자인 '페르난도 오르티즈(Fernando Ortiz, 1881~1969년, 쿠바 아바나 태생)'가 '아히아코'에 대해 쓴 글을 읽었다. 그의 글을 통해 '아히아코'가 쿠바 문화의 정체성과 깊은 관련이 있음을 알게 되었다. 그는 쿠바 문화의 '다양성'과 '정체성'을 설명하기 위해 쿠바노들이 즐겨먹는 전통적 음식인 '아히아코'라는 요리를 예로 들었다.

쿠바 원주민들은 '아히아코'에 옥수수와 감자, 말랑가, 고구마, 유까, 후띠야(설치류), 거북이, 달팽이, 이구아나, 악어, 동물의 머리와 생선 등을 기호에 따라 넣기도 했다. 여기에 스페인 사람들은 돼지고기 넓적다리나 소고기, 닭고기, 육포 등을 가미해 취향에 맞게 요리하였다. 그 이후 쿠바로 이주한 유럽인들과 아프리카인들은 요리용 바나나, 참마 등 자국에서 애용했던 식재료를 넣었으며 아시아인들의 이주 후에는 매운 맛이 나는 재료뿐 아니라 다채로운 허브 등을 넣어 맛을 발전시켰다. 이것이 쿠바의 전통 음식 '아히아코'이다. 우리네 '잡탕 혹은 짬뽕'이라고 해도 될 만큼 다양한 재료를 넣고 탄생한 음식인데, 이 국물 요리에는 쿠바가 국가의 정체성을 확립하기까지의 모든 역사가 들어있다. 이주민들이 저마다의 국가에서 가져온 식재료들은 새로운 식재료들을 만나 독특하고 이국적인 풍미를 지닌 새로운 음식으로 태어났다. 쿠바의 문화는 이렇게 탄생된 것이다.

이민자들의 나라인 쿠바에서 서로 다른 문화가 만나 새로운 스타일로 거듭나며 독특한 쿠바만의 특징으로 자리를 잡았다. 그중에서도 문화 예술 방면에 가장 큰 영향을 끼친 것은 아프리카에서 강제로 끌려온 흑인 노예들의 문화였다. 식습관뿐 아니라, 이들은 쿠바의 정통 카톨릭에 자신들의 종교인 아프리카의 '요루바'를 입혀 '산테리아', '아바쿠아'라는 종교를 탄생시켰고, 사람들이 열광하는 쿠바의 춤 살사나 차차차, 맘보, 룸바 등의 음악과 리듬뿐 아니라 문화 예술 전반에 많은 영향을 주었다.

그리고 '아프로쿠바'라는 이름으로 쿠바 문화는 미국의 신식민지 시절, 그들만의 '문화적 정체성'으로 자리매김하게 된다.

스페인 사람들이 이주하기 전 쿠바에는 가축이 없었다. 오랜 항해 시간을 버티기 위한 단백질 공급원인 육류는 육포로 만들어져 쿠바로 공수해 왔다. 쿠바의 잡탕 '아히아코'는 그래서 시기와 지역별 맛의 차이가 나는 것이다. 쿠바의 전통음식인 콩으로 만든 '프리홀리스'나 '콩그리' 등도 그 기원은 모두 아프리카에 두고 있다. 식문화를 비롯하여 '리듬 위주의 쿠바 음악' 그리고 아프리카에서 온 종교를 작품의 모티브로 삼는 1930년대의 아방가르드 시기부터 현대 쿠바 작가들까지, 쿠바 문화의 컬러를 말할 때 아프리카적 성격을 빼놓고는 말을 할 수 없을 정도로 생활 문화 전반에 많은 영향을 끼쳤다. 중남미에서 유독 아프리카적 색채가 강한 쿠바의 문화를 정의할 때 우리는 '아프로큐반'이라는 단어를 빼놓을 수 없다. 페르난도 오르티즈가 말했던 것처럼 '섬'이라는 지형적 특성 속에서 씨줄과 날줄처럼 만난 유럽과 아시아, 아프리카, 쿠바의 원주민들의 문화가 이룬 '아프로큐반' 문화는 그들 문화의 개방성, 흡수성 속에서 독창성을 가진 쿠바의 문화 정체성이 되었다.

MARLIN
MARLIN

카리브해의 아름다운 정원 쿠바의 언어

크리스토퍼 콜럼부스가 쿠바에 발을 딛기 전 쿠바에는 원주민 '타이노족'과 '시보네이족' 그리고 소수의 부족이 살고 있었다. 시보네이족과 타이노족은 쿠바에 배를 타고 이주해 온 용맹스러우나 폭력적인 기질의 카리브족(카리브해의 기원)과 전투를 치르고 살아남은 원주민으로서 콜럼버스가 쿠바섬에 들어오기 전까지 사냥과 수렵, 채집의 삶을 영위해왔다.

1492년에 크리스토퍼 콜럼부스가 처음으로 쿠바에 발을 디뎠을 때 그는 쿠바를 일본이나 중국쯤이라고 생각했다. 그가 타이노 원주민에게 섬의 이름을 물었을 때 원주민들은 '쿠바나칸(Cubanacan)'이라고 대답했다. 쿠바나칸은 원주민들의 단어로 '쿠바의 중앙' 혹은 '아름다운 정원'으로 해석된다고 한다. 크리스토퍼 콜럼부스가 카리브해의 중앙에 있는 이 섬의 이름을 '쿠바'라 부르기 시작하면서 그들만의 평화롭고 '아름다운 정원'은 문명이라는 이름으로 무너지기 시작했다. 우리가 알고 있는 '쿠바'는 이렇게 탄생했다. '쿠바'는 울림소리 '우'와 '아'가 성대를 깊게 울리고 나오는 소리다.

부르기 쉽고 기억하기 쉬운 나라 '쿠바'. 카리브해의 '아름다운 정원'. 그 독특하고 이국적인 아름다움과 지리적 위치로 인해 수난의 역사를 겪어야만 했다. 쿠바 정부는 관광 사업을 추진하면서 쿠바 국영 여행사의 이름을 '쿠바나칸'으로 명하고 잃어버린 섬의 의미 '아름다운 정원'을 되돌리려 했다.

2020년 작고한 쿠바의 도시 역사학자 '에우세비오 레알 스팽글러*'는 아바나의 샌프란시스코 광장에 '아바과넥스**'라는 역사복원사무실을 열고 본격적인 아바나 도시 복원 사업을 시작했다. '아바과넥스'는 타이노족의 족장 이

* Eusevio Leal Spengler(1942~2020년): 쿠바 역사가, 올드 아바나 복원 사업 감독.

** Habaguanex: Eusevio Leal Spengler가 만든 역사 복원 사무실. 아바나를 통치했던 원주민 '타이노'의 족장.

름이다. 수도 '아바나'도 타이노족의 언어에서 유래했다. 소비에트 연방이 무너지고 쿠바에 소련의 경제 원조가 끊기면서 쿠바는 관광산업을 발전시키기로 한다. 에우세비오 레알은 식민지 시대의 아름다웠던 아바나의 모습을 복원하는데 성공했다. 그의 프로젝트는 장기간에 걸쳐 실행되었고 모든 복원의 내용을 도감으로 펼쳐냈는데 아바나 복원 사업 관련 기록만 해도 5권이 넘는다. 유네스코의 지원을 받은 올드 아바나의 복원 사업은 훌륭하게 마무리될 수 있었다.

쿠바에서 생활하다 보니 스페인어나 영어와는 다른 느낌의 언어들을 많이 접하게 된다. 처음 쿠바 생활을 할 때, 사람들의 이름을 듣고 조금 의아한 적이 있었다. 스페인 문화의 영향으로 스페인 이름 까를로스나 호르헤, 하비에르, 알베르또 등의 친숙한 이름도 있었지만 처음 들어보는 독특한 이름을 가진 사람들도 많아서였다. 내가 아는 쿠바나들 중 '야네이시', '야이마(야이마는 심지어 세명이나 된다)', '야넬', '요밀', '야디라'부터 국가 이름 '쿠바(Cuba)', '아바나(Habana)', 지명 이름 '바라코아(Baracoa)', '과나보(Guanabo)', '바야모(Bayamo)', '바쿠나야구아(Bacunayagua) 다리*', '하구아(Jaguar)', '까리베(Caribe)', '히바코아(Jibacoa)' 등 생활 속에서 만나는 조금 독특한 이름들은 쿠바의 원주민이었던 타이노족(신석기 인류, 시보네이족-구석기 인류)들이 사용한 언어에 기원을 두고 있다고 한다. 그리고 우리들이 익숙하게 사용하고 있는 단어들 '담배, 해먹, 카누, 허리케인'도 모두 쿠바의 원주민들이 사용했던 언어에 기원을 둔다.

이민자들의 나라 쿠바 문화는 주로 서구와 아프리카의 문화의 영향 속에서 발전했다고 생각했는데 '쿠바' 하면 떠오르는 '시가' 역시 인디오 문화에서 발달해 온 것이고, 침략자들이 가지고 들어온 문화와 명맥을 유지해 온 원주민의 문화가 생활 속에서 친근한 인명과 지명 등을 통해 조화를 이루고 있다는 것도 신기했다.

혹자는 쿠바 원주민들은 모두 침략자들에 의해 말살당했다고 하지만 동쪽 산간 마을 에씨족 마을처럼 그들의 후손들이 살고 있다. 저녁이 되면 반딧불이 어둠 속에서 소곤대고 사람들은 예전 방식 그대로 화덕을 피워 음식을 준비하는 곳. 커피를 재배하고 가축을 치며 말 또는 마차를 타고 이동하는 그들은 소박하고 단순한 삶을 살고 있

* 아바나에서 마탄사스로 가는 길의 다리다. 보통 바라데로 갈 때 이 다리를 건너 간다.

다. 이들의 언어는 원주민들의 언어의 흔적으로 억양마 저도 독특해 마치 노래를 하듯 스페인어를 구사한다.

받침이 없이 유난히 모음(울림소리)이 도드라진 원주민들의 언어는 그래서인지 부드럽게 흘러나와 쿠바 사람들의 스페인어에 물결치는 리듬감을 부여했다. 그러고 보니 쿠바 삶의 문화에는 그들만의 리듬과 파장이 있다. 인디오들의 언어와 뒤섞인 스페인어는 다른 이민자들의 언어의 영향을 받아 관용적 표현도 많이 발달했다고 하니 쿠바 스페인어는 배우면 배울수록 언어의 찰진 매력이 도드라진다. 처음 들어보는 독특한 인디오들의 언어는 이제 귀에 익어 내게는 쿠바 문화의 일부가 되었다. 그들의 언어와 어원 등의 이야기에는 쿠바 문화의 흥미로운 이야기들이 담겨 있었다. 하나씩 호기심을 채울 때마다 나는 쿠바의 삶이 한층 풍요롭게 느껴졌다.

카리브해의 '아름다운 정원'에서 자신들만의 방식으로 삶의 근간을 일구어온 인디오들은 현재 찾아보기 어렵지만 그들의 언어는 살아남아 쿠바뿐 아니라 세계 곳곳으로 뻗어 나갔다.

지구상에서 5백여 년이라는 짧은 시간 동안 다양한 문화를 압축하고 섞어서 자신들의 독특한 문화로 꽃피워낸 쿠바 문화의 다양성은 오늘날 쿠바섬의 문화를 더욱 풍요롭게 만들어주었다. 재미있는 것은 같은 스페인어권 사람들이라도 쿠바에 오면 쿠바 스페인어의 그 빠른 속도와 단어끝의 철자를 발음하지 않는 언어적 습관으로 인해 처음에는 의사소통에 약간 애를 먹는다고 한다. 그리고 다른 중남미 사람들은 쿠바노들만이 쓰는 표현이 재미있다며 그 표현을 배우기도 한다. 최근에는 소셜미디어에서 쿠바만의 독특한 스페인어 표현을 프린트한 티셔츠와 가방이 많이 팔리고 있는데 쿠바뿐 아니라 이제 미국과 유럽에 그 지점을 낼 정도가 되었다. 섬나라 특유의 문화적 유연성은 언어와도 만나 스페인어에 원주민의 언어를 녹여내고 지구 반대편 대한민국의 사람들도 알고 현재까지도 사용되고 있다.

'쿠바노들의 삶'을 상징하는 몇 가지 표현

쿠바노(Cubano/a)들의 경제적 어려움, 결핍, 그리고 권위주의적 시스템을 지칭하는 농담처럼 말하곤 하는 표현이 있다. 쿠바 친구를 통해 들은 단순한 몇 가지 표현에서 고달프고 힘든 삶을 유머로 승화시키는 그들만의 재치를 느꼈다. 그리고 그들의 삶을 규정하는 단어들에는 쿠바노로 살아온 그들만의 동지애, 동료의식 그 이상의 삶의 철학이 담겨 있음을 알 수 있다.

노 아이(No hay): 없는 것을 편안하게 받아들이는 것

"노 아이(No hay)?"
눈이 동그래지며 눈꼬리가 기운 없이 축 처져 물었다.
"정말 없어(Realmente no hay)?"
실망했다. 믿을 수 없다. 아니 믿고 싶지 않을 정도다.
상점에 가서 물건을 살 때 무작정 줄을 길게 서면 낭패다. 내가 필요한 물건이 있는지 확인하고 줄을 서야 한다. 이것이 시간을 절약하는 방법이다. 알아보지 않고 무작정 줄을 섰다가는 기다렸던 한두 시간을 허비하게 된다.

발길을 돌려 다른 상점에 가도 같은 대답일 경우가 많다. 쿠바에 사는 사람들은 이 말에 친숙해져야 한다. No hay라고 해도 점원에게 짜증을 내봤자 소용없는 일이다. 점원은 국영 상점에서 일하기 때문에 물건의 유무와는 관계가 없다. 없는 것에 익숙해지고 편안하게 받아들이는 것. 그 없는 것을 보완하는 지혜로움을 발휘해야 쿠바살이가 편안해진다.

늘 없다가 가끔 점원이 "있어(Si! si! hay)!"라고 뜻밖의 대답을 하면 쿠바노들은 내게 밀당의 고수처럼 느껴진다. 내 맘에서 멀어져 간 쿠바가 갑자기 내 앞에 불쑥 가까이 와 있는 기분이랄까. 있어야 당연한 건데 그 '뜻밖의 있음'에 기분이 좋다. 늘 없어서 별 기대 없이 물었는데 '있다'는 뜻밖의 반응은 하루가 순조롭게 풀릴 것 같은 예감과 긍정의 감정을 무한대로 확장시킨다. 뭐든 할 수 있고 뭐든 잘 될 것 같은, 뭔가 불안하지만 기분 좋은 상태로 만들어 주는, 오늘 하루를 버틸 수 있게 해주는 마법 같은 단어. 약을 바짝 올려 신경을 예민하게 만들다가도 듣게 되면 더욱 짜릿한 단어.

아무리 쿠바라 할지라도 '없다'는 지루하고 변치 않는 쿠바의 패턴에서 삶의 탄력을 느낀다. 쿠바살이의 불안함은 예측할 수 없는 것에서 오지만, 예측할 수 없는 '있다'는 사실은 나의 쿠바살이가 아직 끝나지 않았다고 스스로 다독이는 원동력이 된다. 비록 그 약발이 하루밖에 안 갈지라도 말이다.

세 아카보(Se acabo): 편안하게 다음을 기다리는 것

찾는 물건이 '다 팔렸다'는 의미이다. 그 말은 결국 'No hay 없다'라는 말과 일맥상통하나 조금 전까지 있었는데 내가 한발 늦었다는 의미이기도 하다. 원래 없었다는 no hay는 쿠바 정부에 대한 원망의 소리만 키울 뿐이지만 '세 아카보se acabo'를 듣게 되면 부지런히 발품을 팔지 못한 자신에게 화살이 돌아간다. 그럴 때면 쿠바 정부를 원망하기보다 아침에 커피를 마시며 수다를 떨고 잠시 늑장을 부린 자신을 자책하게 된다. 그러나 쿠바노들은 없는 것에 익숙해 그리 열을 내지도 않고 편안하게 다음을 기다린다.

노 세 푸에데(No se puede): 할 수 없지만 존중해 주는 것

쿠바에서는 결핍만 있는 것은 아니다. 할 수 없는 일들이 많다. 이를테면 은행에 갔는데 핸드폰을 사용할 수 없다. 핸드폰을 보는 것은 은행에서 금지되어 있다. 반바지와 슬리퍼 차림으로 은행에 들어갈 수 없다. 은행 안에서 핸드폰을 들여다보면 어느새 직원이 곁에 와서 말한다.

"할 수 없어(No se puede)."

그 말을 듣는 척하다 슬며시 꺼내 놓고 시간을 보낸다. 기다리는 시간이 1시간 이상이기 때문이다. 반바지를 입고 은행에 들어갈 수 없다. 시골은 병원도 못 들어간다. 싸이클을 타고 은행에 가면 긴치마를 싸가지고 가 은행 앞에서 바지 위에 치마를 입고 들어간다.

은행이 슬리퍼도 못 신고 들어갈 정도로 대단한 장소인지는 모르겠다. 10여년 전 아우구스토와 여행했던 쿠바에서 가장 큰 섬이자 피델 카스트로(Fidel Castro)가 몽카다 병영 습격으로 수감됐던 감옥이 있는 '이슬라 데 라 후벤투드(Isla de la juventud)'의 병원에 알레르기 주사를 맞으러 갔을 때 병원 입구에서 아우구스토를 제지했다. 반바지와 슬리퍼 차림으로 병원에 들어갈 수 없다는 이유였다. 당시 내가 거세게 저항을 해서 함께 들어가 주사약을 받아왔지만, 지금도 반바지 입고 종합병원을 들어갈 수 없는 이유는 알 수가 없다. "falta de respeto(존중하지 않는 태도)"라고 하는데 병원에 들어가면서 긴 바지를 입는다면 그것은 누구에 대한 존중을 표하는 것인지 그리고 반바지를 입으면 누구를 존중하지 않는 것인지 아직도 이해할 수가 없다. 참고로 쿠바에는 정치적인 사안과 관련해서 할 수 없는 일들이 이것보다 훨씬 많다.

루차르(Luchar): 치열하게 산다는 것

'투쟁하다' 혹은 '힘겹게 싸우다'의 의미.

쿠바노들은 이 단어를 자주 사용한다. 스스로 루차도르(Luchador: 삶과 투쟁하는자)라 부른다. 쿠바 밖의 세상에서는 당연하고 쉬운 물건 구하는 일이나 자신의 월급으로 빠듯하지만 생활이 가능한 기본적인 것도 할 수 없다 보니 없는 것들을 메우기 위해 해야 하는 일이 많다. 차 부품이 없어서 대체할 것들을 만들거나 찾아다녀야 하고, 의약품이 없어서 멀리 시골에서 아바나로 약을 구하러 오기도 하며, 혹은 새벽부터 식량을 구하기 위해 큰 가방을 짊어지고 길을 나서고, 대중교통이 없어 고속도로에서 걷기도 하고, 싱글맘으로 여러 아이들을 돌봐야 하는 현실들. 쿠바 밖에서는 아무렇지도 않게 하나의 일상으로 자리 잡은 일들이 쿠바섬 안에서는 시간과 노력을 들이지 않으면 할 수 없는 일들을 일일이 열거할 수 없을 정도이다.

언젠가 아우구스토와 아바나의 종합예술공간인 '파브리카 데 아르테 쿠바노(Fabrica de arte cubano)'에 들른 적이 있었다. 그가 나를 테라스의 구석에 전시된 자전거 앞으로 끌었다. 그리고 어린 시절 그가 기억하는 아버지의 모습이자 쿠바노들의 가슴 속 기억을 소환하는 이야기를 해주었다.

1959년 쿠바 혁명의 승리 이후 쿠바에 무상으로 경제적 원조를 했던 소비에트 연방이 무너진 90년대 초반, 쿠바의 경제와 삶은 산산조각이 났다고 했다. 가솔린 공급이 끊겨 대중교통이 다닐 수 없게 되자 중국은 쿠바에 도움을 주었다. 한동안 무거운 고철 덩어리로 만든 중국의 자전거는 쿠바의 중요한 교통 수단이 되었다. 사람들은 그 무거운 고철 덩어리 자전거를 타고 삶을 지탱해 앞으로 나아갔다. 힘겹게 앞으로 나아가야 했던 자전거의 바퀴는 진흙에 반쯤 잠겨 전시되어있었다. 진흙 속에서도 멈추지 못하고 페달을 밟아 앞으로 나아가야 하는 힘겨웠던 삶. 아우구스토는 지난날 어린 눈에 비친 아버지를 통해 루차도르(Luchador)의 삶을 배웠다. 어떤 어려운 난관이 닥치더라도 포기하지 않고 강인하게 밀고 나가는 힘은 쿠바의 역사에서 이렇게 대물림되었다.

레솔베르(Resolver): 스스로 해결한다는 것

이들이 아침에 밖을 나서는 일은 당장의 문제를 해결하기 위함이 많다. 집에 돌아오면, 이웃은 내게 "문제 해결했어?"라고 묻는다. 매일 문제가 터진다. 예를 들면, 쿠바는 물 사정도 좋지 않고 정화조도 오래됐다. 오늘 물 문제를 해결하면 내일 정화조가 넘친다. 오늘 수도꼭지를 고쳤는데 또 차를 고쳐야 하고 부품을 구해야 한다. 내 문제뿐 아니라 친구, 친척, 이웃의 문제까지 해결해야 한다. 쿠바 섬의 소금기 있는 공기와 뜨거운 태양, 석회질이 많은 물 등으로 인해 물건들의 수명이 짧다. 한국에서는 멀쩡하게 오래 쓰는 물건도 쿠바에서는 고장이 잦다. 버리고 새것을 사는 쉬운 방법은 이들에게 사치다. 자동차 수리공이 되어 자신의 차 문제를 해결하고, 하수구가 막히면 직접 뚫기도 해야 한다. 쿠바노들은 지칠 수가 없다. 매일매일이 투쟁이고 해결해야 하는 문제들이 산적했다. 주로 경제적 문제와 필요한 물건을 구하지 못하는 것들이 대부분이지만 말이다. 그러나 그 문제들이 쿠바노들의 미소를, 그 특유의 낙천적 기질을 포기하도록 하지는 못한다. 해결하지 못한 문제를 떠안고 사는 사람들 특유의 우울함은 좀처럼 찾아보기 어렵다.

한편으로 그들이 삶을 만들어가는 방식은 현명해 보이기도 한다. 해결할 수 없는 문제에 집착해 스트레스를 받는 일은 거의 없다. 한국에 살면서 '안 되면 되게 하라', '불가능은 없다' 등 삶의 신화를 이끄는 듯한 문구에 익숙해 안되는 걸 억지로 되도록 하려고 살았다. 그러나 쿠바노들은 할 수 있는 것과 할 수 없는 것이 무엇인지 안다. 자신이 원하는 것을 정확하게 알고 있다. 명쾌한 삶의 방식이다. 그래서 포기도 빠르다. 그러나 해야 하는 문제에 대해 이들은 비록 오랜 시간이 걸리더라도 포기를 하지 않는다.

어린 시절부터 부모들이 삶의 산적한 문제들을 해결하며 살아온 걸 지켜보고 배운 쿠바노들은 돈으로 뚝딱 해결되는 것들과는 다른 삶의 지혜를 일찍부터 배운다. 그 해결 방식은 같은 쿠바노들끼리도 놀랍다고 말할 만큼 창의적이다. 부속품이 없으면 그

부속품을 대신할 물건들을 기가 막히게 찾아내고, 오늘의 일용할 양식이 없으면 그 양식을 구하기 위해 발로 뛰어 구해오기도 한다.

쿠바노들에게 '아유다메(Ayudame)' 즉 '도와달라'고 말하는 것은 부끄러운 것이 아니라 일종의 '품앗이'와도 같은 사회의 암묵적 약속이다. 혼자서는 해결하기 어려운 문제는 자신의 인맥을 동원하여 여러 사람이 함께 문제 해결을 할 수 있도록 한다. 해결을 위해 길에서 많은 시간을 보내야 하고 사람들을 직접 만나야 한다. 쿠바노들의 삶을 규정하는 문구가 비록 '없다', '하지 못한다'로 정의할 수 있다 할지라도 천천히 오랜 시간 공을 들여 결국 해결해내고야 마는 이들의 땀과 인내심은 진정 값지다. 나는 오늘도 산적한 삶의 무게를 지탱하고 앞으로 해결해 나가기 위해 발로 뛰고 부딪히는 이들의 삶을 응원한다.

3부

크리스탈 카브리해,
반짝이는 섬

노을이 지는
쿠바의 저녁 바다에서 수영

바다가 가까운 곳에 살고 있다. 크리스탈 워터라고 불리는 '캐리비안 바다'가 우리 집에서 가깝다. 바다로부터 몇 개의 블록 너머 살고 있어 걸어서 가거나 자전거를 타고 바다로 간다. 바다에 갈 때는 수영복을 입고 그 위에 대강 옷을 걸친다. 70번지 파노라마 호텔 앞, 혹은 16번지 쪽으로 간다. 70번지 쪽은 정부가 새롭게 단장을 해서 인파가 몰리기 시작했다. 그전까지는 가족 단위로 와서 물놀이를 즐기고 스노클, 작살을 이용해 문어를 잡기도 한 곳이었다.

12년 전에 혼자 수영을 하러 오면 아이들이 스스럼없이 성게를 잡아 보여주었다. 조심해서 발을 딛어야 한다며 성게 가시를 들이민다. 가끔 물고기와 문어를 잡은 아저씨들이 그 자리에서 내게 흥정을 해오기도 한다. 스피어 낚시(작살낚시)를 해 생계를 유지하는 사람들인데 참으로 용감하다. 두려움이 없이 깊은 바다로 나간다. 어떤 날 문어는 1쿡(1달러)이 되기도 하고 3쿡(3달러)이 되기도 한다. 아침의 바다는 고요하다. 새벽녘의 바다에 들어가 수영을 하면 너울도 없고 사방은 더 고요하다. 오후가 되면 너울과 조류에 수영이 조금 어렵지만 날만 좋으면 뜨거운 햇빛에 데워진 바닷물이 따뜻하다.

사무치는 게 많은 날은 바다를 바라만 보고 있어도 좋다. 발가락을 부드럽게 감싸주는 바닷속 모래 혹은 바위틈의 이끼와 해초. 바다는 찰랑이는 물살로 소곤거린다. 바다는 나를 안아주고 침묵으로 위로하는 존재다. 때로는 파도의 너울을 탄다. 물살이 올라가는 순간, 나도 부드럽게 솟구치고 다시 안으로 가라앉고 떠오른다. 그렇게 가만히 서서 바다의 리듬에 익숙하게 몸을 맡기고 떠오를 때마다 석양이 몰고 오는 미풍에 얼굴이 간지럽다. 카리브해의 물결에 몸을 맡기면서 어디에 있든 살아갈 수 있다는 용기가 샘솟는다. 그 고요한 시간 속에는 나와 바닷속의 생명체만 존재한다.

캐리비안, 아바나의 바다에서 거의 매일 혼자 수영을 하며 지낼 수 있는 이 행운을 만끽하고 싶다. 한국에서 할 수 없는 것들을 이곳에서 시도해 본다. 그럴수록 내가 할 수 있는 것들을 넘어서야 한다는 걸 깨닫는다. 생각의 틀을 깨고 다른 세계로 나아가고 싶다. 물리적인 다른 공간이 아닌 '나에게 선사하는 새로운 세계'는 끊임없이 움직이고 대면하지 않으면 내게 다가오지 않는 것. 알고 싶은 것은 결국 '나'였나 보다. 바다에서 나는 아직도 할 수 없는 것과 할 수 있는 것이 무엇인지 배우고 있다. 약간의 두려움을 극복하면 우리는 새로운 세계를 경험할 수 있지 않는가.

가시가 박힌 알 수 없는 물고기, 지금까지 본 적 없던 파랗고 노란 색을 띄는 열대어들을 정신없이 따라가다 보면 육지에서 멀어져 겁이 난다. 바라데로 박물관에 박제된 머리가 둘 달린 상어가 생각이 나 서둘러 육지 쪽으로 헤엄을 친다. 두려움은 마음에서 오는 게 더 크다. 집에서 차로 10분쯤 가면 '산타페(Santafe)'라는 멋진 동네가 나온다. 바닷가의 만 앞에 집들이 자리했다. 도로에서 보면 대문만 보이지만 집에 들어가면 뒤에 큰 마당이 있고 그 앞에는 물살이 잔잔한 만이 있다. 때로는 카약을 하는 사람들도 지나간다. 멀리 헤밍웨이 선착장도 보인다.
이 지역에는 예술가들이 많이 산다. 쿠바에서 공연을 했던 '롤링 스톤즈' 멤버들도 쿠바에 왔을 때 호텔이 아닌 바닷가 앞의 집을 렌트했었다. 탁월한 선택이다. 쿠바식 휴가를 느낄 수 있는 가장 좋은 방법 중 하나다. 집과 연결된 바다가 있으니 집에서 쉬면서 바다를 바라보다 수영도 하고 술도 한잔하고 바비큐 파티도 한다. 바다를 접한 집들은 허리케인이 오면 감수해야 할 것들이 많다. 그래도 사람들은 그 위험한 경계에 있는 집들을 선택하기도 한다. 다행히 산타페의 집들은 만 안쪽에 위치해 있어 파도의 피해가 적지만, 허리케인이 오면 바다 앞 도로는 그대로 침수가 되버리곤 한다.

수도 아바나 안에는 모래사장이 있는 바다는 없다. 온통 바위이거나 '개의 이빨'로 불리는 뾰족뾰족한 돌투성이지만, 물속에 들어가면 밋밋한 모래가 아닌 다양한 생명체를 볼 수 있어 좋다. 이제 바다는 작정을 하고 가야 하는 곳이 아니라 내 일상의 한 부분이 되었다. 나는 지구 반대편에서 한국에서 상상도 하지 못한 '바다 수영이 일상인 삶'을 사는 것에 대해 스스로에게 환호한다.

오후 늦게 바다에 나서면 온통 붉은빛으로 물든다. 이 저녁 무렵의 시간이 내가 순해지는 시간이다. 바다 앞에 웅크리고 앉거나 누워 있어도 편안한 시간. 예전처럼 밤바다에서 나신으로 수영을 하면 바다와 나는 더욱 농밀해진다. 쿠바의 바다와 나는 예전보다 지금이 더 가깝고 친하다. 잠시라도 쿠바 밖으로 떠나게 되면 쿠바의 바닷속이, 그 부드럽고 잔잔한 물살이 그리워진다. 쿠바 그 바다를 봐야 가슴이 탁 트일 것만 같은 갑갑함을 느낀다. 쿠바의 바다는 쿠바의 바람이 있어야 하고 구름도 함께여야 한다. 특히 저녁 무렵의 황혼으로 물드는 바다에서 수영을 할 때마다 완벽하고 찬란한 순간을 맞이한다.

'그래 이게 사는 거지.' 나는 내가 원할 때 바다에 가고 내 몸을 써서 자연과 조우한다. 물에 젖은 수영복 위에 옷을 주섬주섬 입으면서 충만한 기쁨을 느낀다. 살아 있는 생명이 된 기분이다. 싸이클을 타고 집으로 돌아올 때, 그 기쁨은 온몸의 감각을 타고 번져나간다. 나는 쿠바의 바다를 포기하지 않을 거라 다짐한다.

문득 쿠바의 바다에서 해녀로 살고 싶었다

삶의 터전 바다에 살고 있는 동네 낚시꾼 가브리엘과 나니 아저씨를 따라 작살(스피어피싱)로 고기를 잡으러 동네 바다로 나섰다. 어부인 그들은 배를 타고 나가 생선를 낚는 것이 아니라 수영으로 넓고 깊은 바다로 나가 작살 낚시를 하는 분들이다. 그분들은 깊이 30m까지 잠수를 하여 문어나 생선을 잡을 거라 했다.

동네 바다에는 모래사장이 없다. 거친 암석이 많아 다이빙으로 입수할 수 있는 곳을 잘 살펴야 한다. 멀리서부터 높은 파도를 만들며 해안을 덮치는 파도가 생각보다 높았다. 멀미가 날까 염려가 됐지만 아저씨들은 괜찮다고 들어가도 된다고 했다. 아저씨들의 입수 신호를 받고 거친 암석을 딛고 섰다가 파도가 몰려오고 몰려 나갈 때 재빨리 다이빙을 했다.

한국에서 2003년 '제주 국제 아이언맨 대회'에 참가해 아이언맨(철인)이 되었다. 수영 3.9㎞, 도로 싸이클 180.2㎞, 마라톤 43㎞를 17시간 내에 완주하면 철인 칭호를 받을 수 있다. 이 대회를 완주하기 위해 1년 동안 훈련을 통해 체력을 단련시켰다. 바다 수영의 위험성 때문에 미리 대회 참가 자격을 취득해야 한다. 3.9㎞의 수영을 1시간 40분 안에 끝낼 수 있으면 '아이언맨 대회' 출전할 자격을 얻는다. 그리고 17시간의 대회 코스에 적응하기 위해 철인대회보다 코스가 짧은 트라이애슬론(수영 1.5㎞, 싸이클 40㎞, 마라톤 10㎞)에 나가 실전 훈련 겸 적응 연습을 했다.

2003년 그해 나는 15시간대의 기록으로 '아이언맨'이 되었다. 매일, 꾸준히 수영 훈련과 싸이클 연습을 했다. '철인' 인증을 받으면 뭐가 좋냐고들 당시에 주변 지인과 가족들이 한결같이 질문을 했다. 사실 혹독한 훈련의 대가치고 상당히 약소한 인증서 달랑 한 장과 메달뿐이지만 나는 내 몸을 컨트롤 하는 방법을 배울 수 있었다. 대장장이가 철을 단련하여 멋진 도구를 뽑아내듯, 나도 내 몸을 담금질하고 밀어붙여 결과를 만들었다. 이러한 경험은 내게 운동 뿐 아니라 삶의 태도에도 '자신감'을 주었다.

바다 수영이 두렵지 않았고 장거리 싸이클 라이딩이나 마라톤으로 어디든 갈 수 있을 것만 같았다. 그리고 시간이 흘러 나는 쿠바에서도 큰 두려움 없이 멀고 깊은 바다 저쪽까지 헤엄쳐 나갔다. 절벽 위에서 바다를 향해 풍덩풍덩 꼬맹이들과 다이빙을 하고, 암벽을 탔다. 혼자 카약을 타고 강으로 바다로 나갔다. 이른 아침 싸이클을 타고 나가면 신선한 공기와 햇살에 설레 아바나 외곽의 고속도로까지 달렸다. '아이언맨'이 되어 좋은 게 뭐냐고 묻는다면 이제는 답할 수 있을 것 같다. 내 가슴이 뜨겁고 설레 뭐든 해보고 싶을 때, 나는 주저하지 않는다. 건강한 육신을 가졌고, 용감하다. 무모할 만큼 호기심도 왕성하다. 건강한 육신과 왕성한 호기심과 쿠바에 대해 더 많이 알고 싶은 나의 지적 욕구는 물자가 부족한 쿠바의 삶에서 풍요로움의 기쁨을 느꼈다. 이렇게 나는 아저씨들을 따라 바다로 작살 낚시를 나서는 데 머뭇거리지 않았다. 젖은 수영복 위에 옷옷 하나 걸치고 슬리퍼를 끌고 집으로 돌아오는 그 순간, 나는 세상의 모든 것을 만끽한 사람이 된 것 같아 우쭐해진다.

바다는 친절하지 않았다. 이날은 너울이 심해 나니 아저씨는 입수를 하지 않을 거라고 했다. 가브리엘 아저씨와 나는 육지에서 제법 멀리 2㎞ 정도나 나갔다. 동네 공원에서 봤던 아저씨는 한 손에는 작살을, 그리고 다른 한 손에는 바다에서 잡은 문어와 물고기를 들고 있었다. 그 모습을 눈여겨 보았다가 따라나서겠다고 했기 때문에 아저씨의 오늘 하루 일정에 불편을 끼치지 않으리라 작정을 했다. 깊은 바다로 나아갈수록 너울이 조금 더 심해지고 압력이 느껴지기 시작했다. 멀미가 났다. 그리고 캐리비언의 상어와 해파리가 떠올랐다. 상어는 좀처럼 출몰하는 일이 많지 않고 해파리는 피하면 된다는 아저씨의 말을 무작정 믿었다.

'아저씨가 도와주겠지. 어떻게든 되겠지.' 막연하게 생각하고 깊은 바다로 물질을 해나가기 시작했다. 작살을 들고 미끄러지듯 물살을 거슬러 나가는 아저씨를 따라 북쪽 바다를 향해 수영을 했다. 이대로 가면 마이애미에 닿

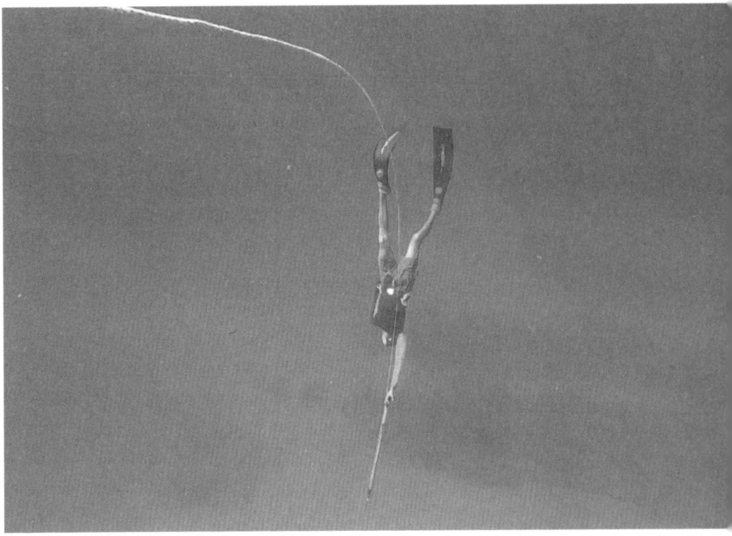

을 수도 있겠다 싶었다. 아저씨는 이따금 깊은 바닷속으로 멀어져 갔다. 가지고 간 수중 카메라로 아저씨의 모든 동작을 담았다. 물속에서 아저씨는 천천히 그리고 신중하게 움직였다. 물 밑바닥에서 나를 위해 해삼을 건져 올렸다. 숨을 참고 20m도 더 되는 깊은 바닷속으로 들어가는 아저씨의 고요한 몸짓이 숭고하게 보였다. 작살이 튕겨져 나가는 소리는 물속에서 흡수되어 위협적으로 들리지 않았다.

얼마쯤 왔는지 시간이 어떻게 되는지 감이 잡히지 않았다. 스노클 장비를 하고 바다에 들어가 고개를 들지 않고 물질을 계속했다. 나는 멀미가 심해 중간에 수면 위에서 쉬자고 했다. 멀리 보이는 동네의 건물들을 보니, 족히 2~3㎞ 정도를 수영해 나온 것 같았다. 70번지에서 입수해 10번지에서 나올 때까지 바다에서 3시간 정도 머물렀던 것 같다. 마침내 깊이 27m 정도까지 입수해서 물고기를 작살로 능숙하게 잡아 올리는 아저씨는 순간 나의 찐 영웅이 되었다. 나의 탄성은 물속에서 나만 들을 수 있었다. 아저씨께 물속에서 엄지척을 해보였다.

물 밖에 나오니 오토바이 면허 시험장 앞이다. 수영복을 입고 작살과 해삼과 생선, 스노클 장비 이런 것들을 들고 지나가는 우리를 바라보는 사람들의 시선이 집중됐다. 나는 아저씨처럼 돌아보지도 않고 묵묵히 걸었다.
가브리엘 아저씨는 바다에 대해 모든 걸 알고 있는 사람 같았다. 35년 넘게 매일 일정한 시간에 같은 장소에서 물고기를 잡았다고 했다. 그의 삶은 단순했지만 나름의 질서가 있었고 고기를 몇 마리쯤 잡아야 생활의 규모를 맞춰 나갈 수 있는지 아는, 경제관념도 확실한, 그러니까 어엿한 직업 낚시꾼이었다. 의대에 다니는 딸아이를 교육시키고 30년도 넘게 작살과 스노클에 의지해 가장으로서의 역할을 해왔다. 3시간 정도의 바닷속 체험을 마치고 집에 왔는데 아저씨가 집에 가셔서 얼마 전 잡은 문어랑 생선을 가지고 오셨다. 크고 실한 놈들이었다.
"가브리엘, 다음에 바다에 나갈 때는 나도 뭔가 잡아 볼게요"하고 미안해서 너스레를 떨었다.

바다에서 모든 에너지를 쏟아 녹초가 된 나는 배가 몹시 고팠다. 허기진 배를 채우기 위해 한국에서 가져간 귀한 라면에 아저씨의 문어를 넣고 끓여 밥을 말아 먹었다. 우리 집 앞 바다의 문어향이 라면 국물을 더욱 진하게 만들어 주었다. '쿠바의 바다, 수정처럼 맑은 카리브해야! 오늘 내게 잊지 못할 진한 체험을 할 수 있게 허락해줘 고마워! 네가 보내주는 바람만 매력적인 줄 알았더니 오늘 만난 너의 그 심연은 참으로 고요하더구나! 너의 심연을 보고 네가 더 좋아졌어.'

그날, 나는 멀미와 상어와 해파리의 두려움을 잘 넘겼다. 아저씨의 일터에서 그 리듬을 깨뜨리지 않기 위해 바다

멀미를 꾹 참아낸 내가 새삼 대견했다. 그 먼 바다까지 따라나선 나의 건강한 육신 또한 자랑스러웠다.

바다가 준 여운을 곱씹으며 아저씨가 바닷속에서 잡아 올린 해삼을 손질해 물에 데친 후 쿠바의 태양 아래 말렸다. 쿠바의 쨍한 햇빛에 손가락 마디처럼 오그라든 해삼은 유산슬로 만들기 위해 정성을 들여 말리고 물에 불리는 과정을 반복했다. 우리 집에서 서너 블록만 내려가면 형형색색의 산호와 바닷가재, 열대어뿐 아니라 먹을거리도 풍성한 바다가 있다. 이 바다를 '우리 동네 앞바다'라 부를 수 있어 뿌듯하다. 마치 좋아하는 사람과 데이트를 하고 설레어 잠 못 이루고 사념에 빠지는 것 같았다. 산소통 없이 깊은 바다에 들어가 본 바닷속 풍경과 나의 숨소리. 물살을 헤쳐나갔던 기분 좋은 기억들을 음미하며 깊은 잠에 빠져들었다.

그 이후 나는 동네 앞바다의 심연이 벌써 그립고 보고 싶었다. 작살 들고 바다로 나서는 아저씨를 못 보게 되는 날은 스쿠버 다이빙을 했다. 아저씨에게 한 번 더 데려가 달라고 부탁을 했다. 그리고 언젠가 작살로 물고기를 잡는 방법도 배우게 될 것이다. 그날을 위해 숨을 참고 프리다이빙 연습을 해야겠다. 필요한 해산물을 직접 바다에 나가 채집하는 해녀의 삶. 쿠바에 와서 바닷속의 성게며 해삼, 문어 등 일용할 양식을 바다에 나가 직접 구하는 해녀의 삶을 살아보는 상상을 하느라 밤잠을 설쳤다. 눈부신 햇살 아래 검게 그을린 나의 어깨와 얼굴은 신선하고 건강한 빛을 튕겨내고 있었다. 쿠바의 근육질 같은 햇살에 검게 그을어 가는 나의 어깨와 얼굴이 마음에 들었다. 바다가 좋아서 몸서리가 쳐졌다.

사람들이 쿠바에 오래 있으면 도태된다고 말하곤 하는데 무엇이 발전이고 도태인지는 모르겠으나, 나는 내게 선사한 이 자유가 좋다. 도태되어 무의미한 삶이 된다고 해도, 바닷속에서 방금 나온 나의 얼굴에 흡족한 미소가 번진다. 어떤 심리학자가 말했다. 큰 행복 하나보다 작은 행복, 즐거움일지라도 빈도수가 중요하다고. 감탄사를 입에 달고 살며 경이로운 나의 하루 일과에 감탄한다. 쿠바에서 나는 부족함 속에서 참된 행복을 배운다.

CUBA

실망도 태양빛에 녹아내릴 섬

아바나의 '국제 마라톤(Marabana: 마라바나)'은 해마다 11월경 치러진다. 국제적으로 명성 있는 마라토너들이 모여드는 대회는 아니지만, 말레꼰을 끼고 달리는 낭만을 꿈꾸는 사람들은 관광을 겸해 올드카가 질주하는 아바나의 거리를 달릴 수 있다는 이유로 마라바나에 출전한다.

2017년 11월, 나도 10㎞ RUN에 등록을 했다. 그 당시에는 마라톤 출전 준비도 하지 않았고 개최 당국이 마라톤을 제대로 치러내는지에 대한 의구심도 있어 장거리 코스 등록을 하지 않았다.

2000년대 초, '전주 군산 간 벚꽃 마라톤 대회'에 호수 공원 달랑 한 바퀴 돌고 참가했다가 고생했던 기억이 있다.

그때 20㎞ 지났을 즈음 연습량이 부족해 뒤처진 상황이라 5㎞마다 보급하는 음식을 먹지 못했다. 주최 측에서 충분히 보급식품을 준비하지 않아 5㎞마다 제공했던 바나나와 초코파이를 제대로 먹을 수 없었다. 그때의 기억으로 쿠바에서는 5㎞마다 참가자들을 위해 과연 물과 바나나 등을 제대로 공급해 놓을 수 있을지 확신이 서지 않아 일단 10㎞ 정도만 시험 삼아 뛰어 보기로 했다.

새벽에 일어나 준비를 했다. 아우구스토가 '카피톨리오(국회의사당)' 건물까지 태워다 주고 한국식으로 '파이팅'을 외쳐주었다. 한국에서 여러 차례 풀코스 마라톤에 참가했었고 모두 완주했었기 때문에 10㎞ 정도야 연습 없이 뛸 수 있다는 자신감이 있었다.

카피톨리오 앞은 각국에서 온 참가자들의 알 수 없는 외국어로 넘쳐났다. 살사 음악과 트럼펫 소리가 새벽 공기를 가르고 울려 퍼졌다. 쿠바는 마라톤 대회에도 살사 음악이 나온다. 그리고 외국인 참가자들과 쿠바노들도 보였다. 당시에는 인터넷으로 60~80유로 정도 지불을 하고 외국인으로서 참가 신청을 했다. 나는 바나나와 단맛이 나는 뭔가는 있겠거니 생각을 했지만 역시 쿠바였다. 아무것도 없었다. 생수만 남아 있었다. 바나나는 있었다고 했지만 배고픈 쿠바노들은 바나나 하나 가지고는 어림도 없다.

쿠바노들과 함께 달리면서 한국의 마라톤 분위기와 사뭇 다름을 느꼈다. 마라톤을 위해 전문 운동화와 복장을 준비하고 소위 장비 빨을 세우는 한국인인 내게 컨버스 단화를 신거나 슬리퍼까지 신고 출전하는 쿠바의 어린 학생들의 모습이 놀라웠다. '저 신발을 신고는 5㎞도 못 뛸 거다.' 속으로 생각했지만 그것은 나의 기우였다. 그들은 마라톤 금메달리스트가 만든 라인의 운동화를 신은 나보다 훨씬 빨랐다.

한국에서는 마라톤 대회에서 달릴 때 불필요한 에너지 소비를 줄이기 위해 가급적 다른 참가자와의 대화를 하지 않는다. 그런데 내가 뛰고 있는 아바나 마라톤, '마라바나'에서는 달리면서도 줄기차게 목청을 높여 대화를 한다. 나는 달리기에 집중하기보다는 쿠바노들의 '러닝 문화'를 관찰하는 재미에 힘든 것도 잊었다. 이날은 말레꼰 파도도 조신했다. 말레꼰을 넘어 도로로 물 싸대기를 펼쳐

놓는 장관은 없었다. 몇몇 사람들이 이른 아침에 나와 낚시를 하고 있었다. 5㎞가 가까이 다가왔을 때, 고개를 빼고 뭐가 남았는지 살폈다. 생수병 등이 눈에 띄었다. 역시 바나나는 없었다. 앞서간 사람들이 다 소비했다고 한다. 10㎞ 코스에 참가해 다행이다 싶었다. 20㎞ 코스에 참가했다면 아마 배가 고파 옆으로 달렸을 거다.

10㎞ 짧은 코스였지만 쿠바의 국제 마라톤을 경험했다는 기쁨이 컸다. 메달과 기념품으로 받은 티셔츠를 받고 흡족한 마음으로 코펠리아로 가서 아이스크림을 산처럼 먹었다. 텔레비전과 라디오에서는 연신 선두그룹이 달리는 모습을 보여주고 있었다. 5㎞마다 보급되는 물과 영양물을 주의 깊게 관찰했다. 앞으로 '마라바나'에 출전할 때는 10㎞ 정도의 거리만 달려야겠다고 다짐했다. 쿠바 형편이 나아져야 보급품도 풍성해지고 달리다가 배가 고파지는 일은 없을 것 아닌가.

팬데믹 이후 다시 열리는 2022년 '마라바나'에 출전하기 위해 대회신청 방법을 알아봤다. 이제 영주권이 있어서 외국인 등록료를 지불할 필요 없이 거의 무료로 참가 신청을 할 수 있다. 여러 루트를 통해 주최 측 담당자와 통화를 했다. 외국인이라 전했고 차근차근 정보를 알려주었는데 영주권이 있어 참가비를 낼 필요가 없을 것 같다고 했더니 목소리가 달라지면서 주변 쿠바노들한테 물어보라는 성의 없는 답변이 돌아왔다. 신청하러 어디로 가야 하느냐니까 시민체육관으로 오란다. 시간이나 장소에 대한 구체적인 정보도 없다.

항의하러 가려다 거기까지 갈 택시비용과 시간이 아까웠다. 담당자를 만난다는 장담도 할 수 없는 곳이 아닌가.
쿠바의 국제 마라톤 대회인데 자국민들을 홀대하고 외국인을 대우하는 쿠바노에게 당장 달려가 항의하고 싶었지만 마라톤 참가에 대한 전의를 상실하고 말았다.

비록 2022년의 마라톤은 참가하지 못했지만 2023년에는 준비를 더 해서 참가하고 싶다. 말레꼰을 덮치는 파도가 부서지는 바람을 맞으며, 사람들의 왁자지껄한 목소리에 섞인 개인 스피커의 레게통 음악까지. 나는 그날의 모든 것을 포용하고 기꺼이 함께할 준비가 되어 있으니 말이다. 다만 간식은 주머니에 넣고 뛰어야겠다. 마라톤은 내게 축제의 장이지, 기록 갱신의 시험대가 아니기 때문이다. 즐거운 마음으로 주머니에 넣고 간 간식을 오물거리며 주변 사람들과 큰 소리로 떠들며 달려야겠다. 설령 완주 못 한다 해도 쿠바 아닌가. 실망도 태양 빛에 녹아내릴 섬에 살고 있으니 말이다.

쿠바에서 만난 무릉도원

쿠바 동쪽 끝 바라코아의 '토아(Toa)'강 근처에는 섬 같은 육지가 있다. 이곳에 닿으려면 배를 타고 건너가는 것이 빠르고 편하다. 바라코아의 산천을 휘돌아 토아강은 바다로 흘러나간다. 이 강은 먼 옛날부터 지금까지 이곳 원주민들의 삶의 터전이 되어 왔다. 강과 바다가 만나 뒤척이는 지점에는 해산물이 풍부했다. 다양한 종의 어류와 민물새우, 장어까지 있다고 한다.

장어가 있다는 말에 사공에게 어디에서 장어를 구할 수 있는지 물었다. 사공은 장어는 쿠바 정부가 외국에 수출하는 품목이라 엄격하게 관리한다고 했다. 예전에 외국영화에서 소머리를 바다에 던져 놓으면 다음날 장어가 그 머릿속으로 들어가 우글거리는 장면을 본 적이 있었다.

장어 양식장이 이곳에 있는지는 모르겠다. 강과 바다가 만나는 곳의 장어는 힘이 좋다고 하여 한국에서 산딸기, 복분자, 풍천장어와 먹으라는 말까지 생겨났으니 이곳의 장어도 힘차게 바다로 뻗어 나가겠다 싶었다.

사공은 강에 조각배를 띄워 우리를 건너편으로 안내했다. 너비가 200m는 되는 것 같은 강의 폭을 가로질러 갔다. 사방이 야자수였다. 강물은 투명하게 속이 훤히 다 비쳤다. 강의 둔덕에는 아이들이 서서 새우를 잡았다.

우리는 강 건너편 작은 밀림 지역으로 들어갔다. 오두막이 눈에 띄었다. 이 오두막에서 혁명(1958~1959년)전까지 외지에서 들어온 중국인이 쿠바 여자와 평생을 살았다고 했다. 물도 없고 전기도 없는 이곳에서 100세까지 장수한 중국인은 돼지와 닭을 쳤다. 가끔 강에서 물을 길어 집에서 식수로 사용을 했다고 한다. 그 후손들이 아직도 이곳에 살고 있다. 그들은 배를 타고 뭍에 나가 필요한 걸 사고 다시 섬으로 들어온다.

허리케인에 아무 데나 쓰러진 야자 사이로 새끼 돼지 떼

가 인기척에 꿀꿀거리고 도망을 갔다. 지천에 널린 야자와 카카오 나무, 알 수 없는 열매들이 모두 민간요법에 쓰이는 약이고 식용이었다. 사공은 눈에 띄는 열매와 나무의 소용에 대해 설명했다. 나는 이 사공을 농담처럼 허준 혹은 이제마라 불렀다. 망고에 과야바, 카카오, 코코, 완두콩, 고추까지. 고개를 돌리면 여기저기 먹거리들이 널려 있는 풍요로운 땅이었다.

늦은 오후 삐걱거리는 노 젓는 소리와 강물의 뒤척이는 소리, 가끔 새들의 지저귐과 바람이 흔들어놓는 나뭇가지와 야자의 소리만이 들렸다. 햇살이 순하고 순한 늦은 오후의 바라코아 토아강가. 쪽배를 타고 있으나 마음은 강물에 뛰어들어 어부들과 함께 민물새우도 잡고 몸을 적시고 싶었다.

이 강가에서 조금 더 시간을 보내고 싶었지만 해가 지기 시작했다. 더 깊이 들어가고 싶고 더 많이 알고 느끼고 싶었다. 다음에 다시 이곳을 찾아오고 싶어 사공에게 연락처를 물었다. 아쉽게도 그는 전화도 없는 사람이었다. 쪽배의 한쪽에는 쓰다 남은 비누 조각이 있었다. 낚시를 하다가 더우면 강에서 목욕을 간단히 하고 들어간다고 한다. 수도가 제대로 들어가지 않는 곳이 많아 마을 주민들이 강물에 의존해 살고 있다고 했다. 물속으로 보이는 민물새우의 몸통이 투명하기만 하다. 강물이 맑아 그냥 마셔도 될 것 같았다.

첩첩산중 대관령 같은 고개를 몇 번이나 넘어서야 도착한 이곳의 자연은 힘겹게 장막을 몇 번이고 들추고 들어와야 만나는 '그들만의 세상' 같은 곳이었다. 도원명의 〈무릉도원기〉처럼 사공이 안내하는 그곳에서는 사람들이 복숭아 대신 카카오와 쿠쿠로초(코코로 만든 디저트)를 먹으며 오늘을 살아간다. 그 웃음과 말투가 순박하고 꾸밈없다. 무릉도원처럼, 그날 잠시 내게 한가로운 늦은 오후의 평화를 만끽하도록 허락해준 토아강 기슭을, 기억을 더듬어 찾아갈 수 있을지 모르겠다.

쿠바의 빗방울 소리에는 원시 부족의 북소리가 살고 있다

쿠바의 우기는 5월 중순부터이다. 거의 매일 한낮의 비슷한 시간대에 비가 내린다. 아침의 뜨거운 공기가 상승하여 습기를 가득 머금은 구름은 오후가 되면 순식간에 세상을 어둠으로 바꿔놓는다. 살면서 이렇게 많은 번개를 눈앞에서 본 적이 없다. 전화 통화를 하다가 번개라도 치면 전화기의 코드를 뽑아놓는다. 전기를 사용하다가 낙뢰라도 집에 내리치면 전자 제품들이 고장난다.

처음에 쿠바에 왔을 때 우산을 늘 챙겨 다녔지만 이제 우산은 필요가 없다. 비가 오면 외출을 할 수가 없으니 약속은 자동 취소다. 하늘에 구멍이라도 난 것처럼 3시간 정도 비가 퍼붓는데 우산이 무슨 소용이겠는가. 이런 비를 여기서는 아구아쎄로(Aguacero)라고 부른다. 퍼붓는 비라는 뜻이다. 가끔 오는 쿠바의 가랑비 이름은 친친(Chinchin)이다. 귀엽다. 장난스레 한 번 더 부르고 싶은 귀여운 이름이다. 이탈리아에서는 건배사로 '친친'이라 하고 일본에서는 남성의 중요부위를 상징한다고 하던데. 친친이란 단어는 가랑비를 닮아서일까. 살살 발음하게 된다.

비가 많이 오면 말레꼰의 도로도 폐쇄된다. 말레꼰의 맨홀 뚜껑도 열어 놓는다. 파도가 너무 세서 말레꼰 맨홀 뚜껑을 압력으로 날려 보내기 때문이다. 5월부터 시작된 우기는 7월과 8월까지도 간간히 지속된다. 외출도 못하고 꼼짝없이 집에 있다 보면 하늘이 원망스럽기도 하다.
"너무한 거 아니야? 이게 말이 되는 거야? 쿠바는 강렬한 태양의 나라잖아. 그래도 5월부터 지금까지 거의 매일 내리는 비는 좀 너무 한 거 아니냐고."

불평하면 쿠바에서 태어난 아우구스토는 말한다.
"잊었어? 너는 트로피컬(Tropical)에 와 있어."
'아 그렇지…. 쿠바는 트로피컬에 위치한 곳이었지….'

내가 사는 동네도 생각해 보니 크리스토퍼 콜럼버스가 발견하기 전에는 인디오들이 살고 있었던 원시 정글이었다. 영화 〈아포칼립토〉*의 등장인물들처럼 인디오였던 타이노**(Taino)족이 정글을 내달리고 부족끼리 혈투도 벌이고 산짐승을 자연신에게 재물로 바치고 온갖 이름 모를 벌레들과 듣도 보도 못한 새들의 노랫소리로 가득 찼던 곳, 한낮에는 힘찬 빗줄기가 쏟아져 정글의 뜨거움을 식히고 푹푹한 흙냄새와 향기로운 꽃향기가 가득 찼던 곳이었다.

내가 살고 있는 곳이 원시 정글이었으니 나는 지금 그때보다 편리한 자연인으로 살고 있다고 생각하면 된다. 갑자기 쏟아지는 비를 흠뻑 맞고 돌아오면 마음까지 청량해지는 것 같다. 쿠바의 빗방울 소리는 무감각해졌던 내 온몸의 세포를 깨운다. 때로 그 속에서 원시 부족들이 두드리던 북소리가 들리는 것 같기도 하다. 몇 시간씩 춤을 추며 두드리는 그들의 북소리.

시멘트와 아스팔트가 깔리기 전 이곳은 자연의 섭리에 순

* 16세기 멕시코 마야 문명을 배경으로 한 멜깁슨 감독의 미국 영화. 2006년작. 고증에 있어 스페인 침략을 합리화를 했다는비판을 받기도 했다.
** 카리브 제도에 살던 원주민.

응하며 자연을 경배하고 두려워하며 순리대로 살던 원주민들이 살던 곳이었다. 태양빛이 뜨거워 숨이 턱 막힐 듯 절정에 이르는 한낮에는 멀리 남쪽에서부터 구름이 서서히 다가오고 그 무겁고 낮은 구름이 굵은 빗줄기라도 쏟아 놓아야 보랏빛 석양도 그제야 선명해지고 바람도 한결 가볍게 내 머리를 스치면서 온몸을 가볍게 휘감고 도는 것이다. 밤에는 보름달만이 훤하고 밝아 용맹스러운 부족들의 전설을 회자하기에 안성맞춤이었을 거다.

인디오들도 사랑을 알았을 것이다. 파도가 잔잔한 밤에는 동물 가죽 하나 걸치지 않고 나신으로 물살을 느끼며 바다 멀리 부드럽게 헤엄쳐 갔을 것이다. 내가 살고 있는 동네는 불과 몇백 년 전까지 원시적 생명력이 넘쳐나는 곳이었다. 퍼붓는 비를 보며 상상하는 몇백 년 전의 모습. 비로소 한 장소의 비밀에 가까워진 것 같아 내가 사는 이곳이 매우 신비롭고 아름답게 느껴졌다.

나는 예전보다 비와 바람 구름, 태양, 새소리, 파도의 움직임, 달빛 등 태곳적 혹은 자연 속의 사람들이나 민감했었을 것들에 한국에서보다 훨씬 민감하고 예민해졌다.

외출 전에는 하늘을 본다. 일기예보는 찾아보지 않는다. 구름의 움직임을 보고 비가 올 걸 알 수 있다. 먹구름이 이쪽으로 몰려오는지 바다 쪽으로 향하는지. 그리고 대기가 습기로 가득 찬 날은 오후 늦게나 그 다음날 비를 쏟아낸다는 것. 자연의 섭리 속에 온몸으로 민감하게 반응하며 점차 나의 감각도 살아나는 것 같다. 우기 때가 되면 이런 감각은 더욱 예민해진다. 쿠바의 자연 속에서 내 몸의 감각이 조금씩 깨어나고 살아나는 것 같아 신기했다. 거실의 창문을 활짝 열어놓고 자도 밤사이에 비가 올 걱정을 할 필요가 없다. 그 시간에는 비가 오지 않을 걸 아니까. 한국처럼 간밤에 비가 왔었다는 일은 좀처럼 없는 곳이다.

옆집 아저씨는 동쪽에 먹구름이 있으면 곧 비가 내릴 거라고 했다. 그리고 남쪽의 먹구름은 비가 물러나는 곳이라고도 했다. 생전 동서남북 구분 없이 살다 쿠바 와서 해가 뜨고 지는 방향을 살피게 됐다. 쏟아지는 비에 창문을 닫았다가 잠시 비가 그치는 틈에 창문을 열고 손을 내민다. 내 손을 감싸는 대기의 수증기. 살갗으로 대기의 습함을 느끼면 비는 더 내릴 것이다. 마릿사 아줌마가 옥상에 올라가 쏟아지는 빗물로 샤워를 해보라고 하신다. 아줌마 고향 동네인 관타나모에서는 사람들이 가끔 빗물에 샤워를 한다고 한다.

다시 〈아포칼립토〉! 〈아포칼립토〉 영화에는 맹수 재규어가 나온다. 쿠바에는 맹독류가 없다. 이 영화는 쿠바 배경의 영화는 아니다. 그래도 쿠바에 원주민은 있었으니 강하고 억센 원주민들은 스페인 사람들에 의해 역사 속으로 사라졌지만 아직도 쿠바 동쪽 끝에는 그들의 피를 이은 후손들이 살고 있다. 타이노족. 시보네이족. 그들의 언어는 쿠바 스페인어 속에서 명맥을 유지하며 우리가 아직도 부르고 있다.

콜럼버스가 쿠바에 처음 발을 디디고 이곳이 어디냐고 물었을 때 그들의 대답처럼. '쿠바' 혹은 '꾸바', 목을 울리며 나오는 소리. '아바나', 관능이 살아 있는 원주민의 언어.

쿠바에도 겨울은 있다

해마다 12월에서 3월 초까지 쿠바에 찾아오는 '프렌테 프리오*(Frente frio)'.

카리브의 뜨거운 나라에도 겨울이 있다. '프렌테 프리오(Frente frio)'가 오기 전에는 대개 비가 내린다. 사람들은 비가 오고 나면 곧 추워질 것을 알고 두꺼운 옷을 꺼내 입을 준비를 한다. 쿠바에 잠시 머무는 여행자는 잘 느끼지 못하는 추위다. 쿠바에 몇 년을 살며 날씨에 익숙해졌을 때 보통 18도 정도로 기온이 떨어지기 시작하면 그때서야 열대의 나라에서 추위를 느끼게 된다. 한국에서 18도 정도의 날씨는 아무것도 아니지만 쿠바에서 느끼는 기온은 그것보다 훨씬 낮다.

바다의 습기 때문이다. 이런 날은 말레꼰을 훌쩍 넘어 도

* 느닷없이 찾아오는 저온 현상. 보통 겨울의 추운 시기(18~20도).

로로 패대기쳐지는 파도가 장관이다. 유명한 쿠바의 사진에서 익숙하게 보아온 방파제에 부딪혀 옥처럼 부서지는 파도가 도로에 미역이나 해조류 또는 바닷속의 돌덩어리 등을 토해 놓는다. 차를 타고 이런 날 지나가다 차에 물싸대기라도 맞는 날은 바로 세차를 해야 한다. 바닷물의 독한 성분이 차를 부식시키기 때문이다. 차 안에 있어도 움찔하게 되는 이 아름다운 풍경이 약간 무섭기도 하다.

이런 날은 서랍 깊숙하게 넣어 놓은 수면 양말과 긴 파자마 바지 스웨터 등을 꺼내 입는다. 영하로 내려가지 않는데 더운 나라에서 왜 사람들이 동사하는지 알 것 같다. 4구 가스레인지의 가스를 모두 켜놓기도 한다.

꽁꽁 싸매고 앉아 페르시안 창문 틈으로 들어오는 바람소리를 듣는다. 바람이 온다. 바람이 다가오는 걸 느낀다. 저 멀리서 웅웅 거리고 집 근처 한 블록 너머의 나뭇가지들이 마치 파도를 타며 도미노를 넘어뜨리듯 우리 집 쪽으로 맹렬하게 뻗쳐 온다. 집 앞 가장 큰 야자수에 부딪힌 바람은 나뭇가지를 흔들고 이름을 '내 사랑'이라고 붙인 옆집 개의 밥그릇을 요란스럽게 들쑤신다. 옆집 개 '내 사랑'의 스페인어 이름은 왈리다. 태어난 후 줄곧 옥상에 살아 땅 한 번 밟아보지 못했다. 사람들의 손길, 사랑을 간절히 갈구하는 아이의 눈빛을 봤다. 만질 수 없고 쓰다듬어 사랑을 주지 못하니 이름이라도 '내 사랑'이라 불러주고 싶었다.

창을 열어 하늘을 보면 구름은 바람에 떠밀려 간다. 바람이 불어오는 곳을 본다. 이곳의 공기는 늘 순환한다. 공기가 정체되고 오염될 수가 없다. 바람이 정신없이 훑고 지나가고 나면 맑고 깨끗한 대기가 더욱 투명하다. 털모자를 쓰고 머플러를 목에 두른 한 무리의 사람들이 지나가는 걸 본다. 예전에는 이해할 수 없었던 옷차림. 나도 한국에서 챙겨온 경량 패드를 챙겨 입고 외출을 나선다. 영상 18도에서 패딩이 필수임을 이제 알게 되었다. 어느덧 나도 쿠바 날씨에 동화되고 개밥그릇을 저렇게 흔들어대는 얄궂은 바람에 만나는 사람마다 날씨 너무 추워졌다며 너스레를 떤다. 쿠바에도 겨울은 있다.

쿠바에 부는 사하라의 바람

7월이 되면 찜통 같은 날씨가 시작된다. 이런 날 에어컨 없이 집에 앉아있는 것도 힘들다. 가만히 있어도 땀이 흐른다. 숨이 턱턱 막혀 오후 3시에 밖에 나가면 뜨거운 태양에 살이 따가울 정도다. 때로는 볼일을 보러 나가다가 건물 그늘에서 잠시 쉬었다가 가던 길을 이어 가기도 한다.

뜨거운 날씨 때문에 쿠바노들은 하루를 일찍 시작한다. 오후 3시나 4시쯤에 은행에 가면 사람들이 그리 많지 않은데 왜 아침부터 그렇게 몰려드는지 알 것 같기도 하다. 밤이 되면 도로가에 나와 차갑게 식은 아스팔트 도로에 몸을 뉘는 개들도 볼 수 있다. 이런 더운 나라에서 어떻게 오후에 일을 할 수 있단 말인가. 더운 나라 사람들은 게으르다는 등 현지의 문화나 기후를 생각하지 않고 우리 기준에서 속단하는 것은 편견이다.

7월의 무더위가 기승을 부릴 때쯤 또 하나의 복병이 멀리 10,000㎞나 떨어진 곳, 아프리카 '사하라'에서 몰려온다. 사하라의 모래 먼지이다. 이 사하라의 모래 먼지는 바다 건너 이곳 쿠바섬까지 날아와 쿠바의 하늘을 덮는다. 이런 날은 기상청에서도 부지런히 예보를 한다. 오후 3시가 되면 외출을 금하고 노약자들은 특히 조심해야 한다.
뜨거운 모래 먼지가 바다 건너 쿠바섬을 덮고 카리브 인근의 나라들까지도 덮친다고 한다. 숨이 탁 막히는 뜨거운 열기 속에서 아프리카에서 온 사막의 먼지를 생각한다. 사하라에 발을 들여놓은 적은 없지만 쿠바에서 사하라의 먼지를 마신다. 이름도 근사한 '사하라'의 모래 바람이 아바나의 하늘까지. 대서양을 건너 카리브까지 먼지를 보내는 부지런한 지구의 움직임이 놀랍다.

매년 한두 번씩 찾아오는 사하라의 모래 먼지와 여름이 가고 가을의 문턱에 들어설 때 끔찍한 재앙을 몰고 오는 허리케인까지. 뚜렷한 사계절이 없다고들 하지만 살아 보니 계절의 변화를 몸으로 느낀다. 계절이 바뀔 때마다 비염으로 고생을 하고 '프렌테 프리오(Frente frio)'가 닥치면 다들 '까따로(Catarro)'라는 목감기에 걸려 환절기 앓이를 한다. 우기 때는 한낮의 굉장한 강수량으로 집안에만 있어야 하고 허리케인이라도 온다는 예보가 있으면 전력이 없을 것을 대비해 부지런히 물을 받아 놓고 식수를 준비하고 식량을 구비해 놓아야 한다.

자연에 민감하게 반응하지 않아도 되는 사회에 살다가 날씨를 살피고 하늘과 바람과 태양, 그리고 바다까지 챙겨야 하는 삶은 새롭기만 하다. 나는 쿠바에서 자연과 더 친해진 것 같다. 여름 내내 쨍했던 쿠바의 파란 하늘은 겨울에 그 푸르름을 조금 잃어버리고 구름은 더운 날씨에 풀어 놓은 솜사탕처럼 맥이 없다.
계절을 몸으로 느끼고 변화에 따라 나의 몸이 조응한다. 한국의 뚜렷한 사계절이 없는 쿠바에서 모호한 사계절의 경계를 몸으로 느낄 때면 내가 자연이었음을 상기시켜주는 쿠바가 고맙다.

cubanacan
GRUPO
Nuestro pueblo es más fuerte que los huracanes...
Fidel Castro Ruz

쿠바노들은 허리케인보다 강하다

허리케인 '이안'이 다가온다며 뉴스에서는 연일 대비를 당부한다. 카테고리 2의 규모라고 했지만 언제 카테고리 3, 4로 격상될지 모를 일이었다. 2017년 쿠바를 강타했던 허리케인 '이르마(IRMA)'로 익히 초토화된 현장을 본 적이 있어 며칠 전부터 물을 받아 놓고 핸드폰과 랜턴 등을 충전해 놓았다.

텔레비전으로 보는 허리케인의 거대한 소용돌이는 천천히 아바나와 아바나 서쪽의 '피나 델 리오[*](Pinar del Rio)'를 향해 다가왔다. 아침 9시, 전기가 나갔다. 가스를 체크해 본다. 다행히 가스는 들어온다. 회색빛 하늘에 거대한 구름이 바람을 타고 빠르게 흩어지며 이동했다. 장관이었다. 구름도 달리기를 하는구나. 구름은 바람에 떠밀려 빠

* 아바나 서쪽의 주.

르게 멀어져가고 흘러들어왔다. 페르시안 창문을 강하게 흔드는 바람. 창틈으로 흘러내린 빗물이 집안으로 들이닥친다. 아바나에 상륙한 허리케인은 이제 카테고리 3이 되었다. 비바람이 강하게 몰아치고 나무뿌리가 뽑혀 나갔다. 정전으로 인한 고요함 속에 세상에는 바람과 나와 세찬 빗줄기만 존재했다. 외부와 차단된 채, 창문을 통해 바라보는 세상은 통제할 수 없는 강력한 힘에 의해 움직였다. 창밖을 지켜보며 하루가 갔다. 아바나를 서서히 빠져나가 북쪽으로, 미국 플로리다 반도를 향해 북진하는 허리케인은 카테고리 4가 되어 플로리다의 여러 도시들에 커다란 피해를 입혔다.

허리케인이 지나간 곳은 참담했다. 당장 내 눈앞에 거대한 뿌리를 드러낸 나무들의 처참한 몰골과 빗물에 쓸려온 쓰레기들, 허물어진 담장 등이 모습을 드러냈다. 아바나 서쪽 '피나 델 리오'에는 허리케인으로 집이 날아가버려 한순간에 삶의 터전을 잃어버린 사람들이 넘쳐났다.

아바나에도 전기가 5일간 들어오지 않았다. 5일 밤을 전기 없이 지내다 보니 불편한 게 한두 가지가 아니었다. 물을 끌어 올릴 모터를 돌리지 못해 물탱크는 진작부터 비어 있었다. 물이 없으면 요리도 못하고 화장실 사용이 불편하다고 푸념을 했지만 다급한 것은 물이 아니었다. 팬데믹 이후 며칠씩 줄을 서서 냉장고에 저장한 음식이 상하기 시작했다. 화폐 개혁 이후 월급을 페소로 받는 사람들은 극심한 인플레로 인해 어렵사리 외화를 모았다. 힘겹게 모은 외화로 오래 줄을 서서 사모은 식량을 날리게 될 위기에 처해 있었다.

정부는 정전으로 화가 난 사람들의 시위가 커지는 것을 막고 헛소문이 돌지 않도록 인터넷 데이터망을 차단했다. 전기가 없는 4~5일을 겪고 나니 쿠바노들이 다시 보였다. 그들은 강인하게 살아남는 자들이었다. 평소 쿠바노들이 즐겨 하는 표현, '나는 서바이버야, 지금껏 현실과 싸워왔고 절대 포기하지 않았어'라는 말은 강인한 그들에게 걸맞는 표현이었다.

나는 낮과 밤으로 선풍기 없이 더위와 싸워야 했고, 밤에는 테라스로 나가 이웃들과 대화를 했다. 경험해보지 않은 불편함으로 나도 모르게 '쿠바노들이 왜 떠나고 싶어 하는지 알겠어'라는 말이 나왔다. 단순히 허리케인 때문만은 아니었다. 대중교통, 전기, 수도, 가솔린, 월급에 비해 터무니 없이 높은 물가 등등, 한참 자라는 자식을 둔

부모들은 어떤 마음일지 상상조차 할 수 없었다. 도대체 뭐 하나라도 제대로 돌아가는 게 있기나 한 건가. 이런 불편함을 묵묵히 견뎌내는 일은 더욱 어려운 일인데 다들 그러려니 하는 눈치다. 속이 탄 사람은 나밖에 없는 듯했다.

아바나 전체에 전기가 복구된 것은 일주일이 지난 후였다. 카리브해 가운데 위치해 있는 쿠바섬은 허리케인이 자주 관통하는 곳이기도 하다. 한국에서는 상상조차 할 수 없는 강한 허리케인은 잊혀질 만하면 다시 오곤 했다. 쓰러지고 재건하고 굳게 서고를 반복해 온 그들이다. 카테고리 5의 강력한 허리케인도 쿠바노들의 강인함은 꺾지 못했다. 경제적 어려움과 자연재해까지 겹쳐 삶은 녹록지 않지만 오늘을 사는 쿠바노들은 다시 일어섰다. 강하고 억세지 않으면 살아남을 수 없는 쿠바섬의 사람들. 창문이라도 떨어져 나갈까 겁먹었던 나도 이제 이들과 쿠바섬에서 살아남는 방법을 조금씩 배운다. 이웃의 안부를 살피고 부족한 게 없는지 묻는다. 일기예보와 음식에 관한 이야기를 하며 팍팍한 현실 속에서도 따뜻함을 전하고 위로를 한다.

그날 이후로 나는 우리 이웃들과 한층 더 가까워졌다. 미국에 있는 이웃 딸의 안부와 대학생 손자 이야기를 묻고 한국의 우리 가족들 안부를 전한다. 어느 상점에 닭고기가 풀렸는지와 돼지고기부터 각종 채소의 가격, 그리고 동네에 도둑이 어떤 수법으로 활개를 치고 다니는지, 데면데면하게 지냈던 나의 이웃과 이제는 음식을 나눠 먹고 생활의 정보를 주고받으며 테라스에서 함께 차를 마시기도 한다. 그들은 때로는 지나온 삶의 이야기를 하며 눈물을 흘리시기도 하고 한국의 이태원 참사나 월드컵 16강 진출, 한국 드라마와 한국 음악 등에 대해 묻기도 했다. 나는 비로소 외국인이 아닌 쿠바의 평범한 이웃이 되었다. 함께 허리케인을 대비했고, 허리케인을 겪었으며, 생활의 어려움을 나누고, 떠다니는 소문을 쑥덕이는 그런 사이 말이다.

피델이 남긴 유명한 말이 있다.
"우리 쿠바노들은 허리케인보다 강하다."
나는 고개를 끄덕였다.
"암요, 그렇고 말고요. 쿠바노들은 허리케인보다 강합니다요."

창문으로 불어오는 둥근 바람

우리 집에서 맘에 드는 것 중 하나는 창문이다. 아니 정확히 말하자면 창문을 통해 들어오는 바람이다. 캐리비안의 바람을 집안 구석구석까지 느끼고 싶을 때 이 나무 창문을 활짝 연다. 순식간에 집안에 빛과 바람이 쏟아져 들어온다.

바람은 바다의 소금기와 온갖 식물의 향기를 몰고 들어오고 나는 깊은 숨을 쉬며 눈을 감는다. '무릉도원'이 어디냐고 묻는다면, 내가 사는 곳. 바람이 집안에서 한바탕 미친 듯 춤을 추고(테이블 위의 모든 걸 날려 버릴 때도 있어 아슬아슬하지만) 곧 뒷걸음쳐 나가 내 정신을 아득하게 만드는 이곳이 내게는 '무릉도원'이라 답할 것이다.

밤이 되면 창밖 맑은 하늘에 떠가는 달과 별, 구름이 있다. 혼자 와인을 마시다가도 친구와 함께 하는 것 같고 바람이 몰고 오는 냄새를 통해 비가 올 것을 점치기도 한다.

나는 늘 창을 통해 외부 세계와 조우한다. 한 떼의 학생들이 큰 소리로 떠들고 지나가고 바다에서 수영하고 놀다가 들어가는 가족들의 목소리가 높다. 나는 혼자 있든 누군가 곁에 있든 화낼 일도 강박도 없이 그들을 바라본다. 조급함이 없이 시간에 쫓기지 않고 그들을 보면서 오늘을 산다고 느낀다. 때로는 내 삶이 멀어져가는 것 같다. 내가 처한 삶의 현실을 바람이 밀어낸다. 그런 날은 공간과 현실에 대한 감각을 잃는다. 그런데 만족스럽다.

어느 날, 쿠바 화가 '윌프레도 람(Wifredo Lam)'에 대한 수업을 들으며 교수에게 "작가의 작품 〈허리케인〉이나 〈정글〉 등을 보면 나무와 나뭇잎들이 모두 둥글한데 특별한 이유라도 있나요?"라고 물었다. 교수는 웃으면서 "바다는 파도를 둥글게 말고 하늘의 구름도 뭉글뭉글 둥글게 피어나고, 바람은 둥글게 파도를 밀어 올리고 구름을 만들어내지. 그러면 바람은 야자의 큰 잎을 둥글게 휘감아 네 앞에 당도하는 거야"라고 설명해 주었다. 기억하는 것은 바람이 둥글고 파도와 나뭇잎이 둥글다는 거다.

우리 집 페르시아나 창문을 통해 들어오는 바람은 둥글

다. 모난 마음으로 앉았다가도 둥근 바람이 집안을 훑고 물러날 때 마음이 차분해진다. 캐리비안의 열대 지역을 중심으로 페르시아나 창문들이 분포하는데 뜨거운 모래 바람이 날리는 페르시아에서 온 창문인지는 알 수 없다. 이름이 페르시아 창문이라는 것밖에. 보통 나무로 만들어진 격자를 창에 고정시켜 손으로 열고 닫을 수 있도록 되어있다. 한낮의 뜨거운 집안으로 들어올 때 나무로 된 창문을 거쳐 들어오며 나무에서 뜨거운 열이 걸러지므로 열을 차단할 수 있다. 기후와 지역적 특성을 생활에서 지혜롭게 활용했다.

아침빛이 비트랄(스테인드글라스)을 통해 집안으로 들어오면 오묘한 색으로 잠시 넋을 놓게 만들고, 우기 때 비라도 쏟아지게 되면 빗물이 들이닥칠까 염려되기는 하지만, 허리케인이나 돌풍이 불 때 유리창처럼 깨질 염려가 없어 안심이 된다.
하루에도 몇 번씩 시시각각 햇살이 조화를 부려 조명 없이도 집안의 분위기를 바꿔주는 이 요물. 페르시아 창 위에는 '비트랄'이라 불리는 스테인드 글라스 장식이 있다. 바람을 보내주는 '페르시아나'와 빛을 오묘하게 투과시켜

시시각각 집안 분위기를 바꿔주는 ‘비트랄’은 집 안에 앉아 자연의 변화를 느낄 수 있도록 해준다.
방충망은 없다. 창만 열면 세상이 그대로 내게 다가와 말을 건다. 자연의 언어로 새소리 바람소리 여과 없이 보내주는 우리 집의 보물 페르시아나 창문이다.

신에게도 절충주의

내게는 아직도 익숙지 않은 쿠바의 종교, 팔로 몬떼(La palo monte), 즉 아프리카의 요루바에서 영향을 받은 산테리아와 아바쿠아 등은 쿠바노들의 삶의 중심을 이룬다.

17세기 이후 노예로 쿠바에 끌려온 다수의 아프리카인들은 강제로 카톨릭 세례를 받고 미사에 참석했다. 쿠바의 카톨릭 사제들은 시끄럽고 야단스럽게 종교의식을 행하는 이들을 성당으로 불러들이기 위해 아프리카어까지 배웠어야 했다고 한다.

쿠바로 끌려온 노예들은 자신들의 영혼을 이끌어준 요루바의 신에 의지했다. 가톨릭 사제들은 요루바 종교를 버리고 가톨릭으로 개종할 것을 종용했지만 흑인 노예들은 영혼의 일부인 신들을 버릴 수 없었다. 아프리카에서 온 이들은 가톨릭 세례를 받고, 성서를 읽고, 미사를 드리며 아프리카에서 영혼과 함께 온 신들에 가톨릭 성자의 이름을 붙였다. 이렇게 해서 탄생된 가톨릭과 아프리카의 토착 신앙을 접목시킨 '산테리아'는 쿠바에 널리 퍼져 있다. 흑인들뿐만이 아니라 백인들과 심지어 외국인에게까지. 1960년대에 합법적인 인정을 받은 이 종교는 만물을 창조한 '올로핀(Olofin)'을 필두로 다양한 신들을 지칭하는 '오리샤스(Orishas)'

를 믿는다. 각 개인은 자신을 수호하는 신을 가지고 있으며 이것은 대부(Padrino)와 대모(Madrina)가 정해 준다.

거리에서 눈에 띄는 흰옷을 입은 사람들은 산테리아(Santeria)를 믿는 사람들이다. 이들 종교에 입문하게 되면 1년 동안 자신을 씻어내는 의식을 통해 새롭게 태어난다. 1년 동안의 정화의식이 끝이 나는 날은 종교적 생일이 된다. 산테리아 종교로 다시 태어난 것이다. 이 의식을 위해 1년 내내 입을 흰옷과 신발, 속옷, 우산까지 맞춰 들고 다녀야 할 걸 생각하면 궁핍한 이들의 삶에 종교가 큰 힘이 된다는 걸 알 수 있다. 이들은 자신의 대부와 대모를 부모처럼 모시고 종교의 형제자매들을 친형제나 다름없이 생각한다. 1년이 지나면 목걸이와 팔찌를 선물 받는다. 쿠바노들이 손목에 노랑과 초록, 파랑과 빨강 조합의 팔찌나 구리와 은팔찌를 여러 개 하는 것은 이들이 산테리아 신앙을 가지고 있다는 증거이기도 하다.

산테리아를 믿는 가정을 방문하면 노란 옷을 입은 검은 얼굴의 마리아가 서 있는 모습을 볼 수 있다. 노란 옷을 입은 신은 사랑의 신 '오슌', 파랑색은 바다의 신 '예마야', 빨간색은 '창고'다. 화려한 옷을 입은 귀여운 인형으로 보이지만 산테리아를 신봉하는 사람들은 그 앞에 정갈한 물을 떠놓고 의식을 치른다. 큼지막한 호박과 많은 시간 동안 정성스레 기도를 한 흔적의 초와 각종 의식의 도구들. 일반 가정에 방문한 것이 아니라 신당에 방문한 것 같다.

몸이 아프거나 집에 걱정거리가 생기면 산테리아를 믿는 이들은 림피에사*(Limpieza)를 하기 위해 바발라오를 부른다. 일종의 영매라고 할 수 있다. 이들은 몸이 아픈 이들을 위해 씻김 의식을 한다. 정화를 하고 신의 계시를 받아 당사자와 가족들에게 알려준다.

때로는 자신에게 가해진 일종의 저주를 풀기 위해서이다. 몸이 아픈 것, 일이 안 풀리는 것도 신의 노여움이나 타인의 저주 때문이라고 생각을 한다. 그렇게 치자면 고달픈 우리 생애에 저주가 만연하다. 저주하는 자는 저주를 위해 에너지를 소비하고 저주를 막기 위해 돈을 써서 영매를 불러 굿을 한다. 씻김굿이다. 악을 행하는 자와 씻어내는 자. 순환이고 반복이다.

아바나를 관통하는 강이 있다. 알멘다레스강이다. 이 강이 지나는 숲은 아바나의 원시림이다. 마치 아바타 영화의 세트장에 나오는 곳 같다. 도심 속의 아마존 같은 이 원시림에서 은밀히 산테리아 의식이 행해진다. 공원에 산책하러 가면 곳곳에 널린 흰 닭이나 비둘기들의 목이 잘린 모습에 화들짝 놀란다. 로마인들도

* 씻김 의식.

기독교 문명을 받아들이기 전에는 다신교도들이었다. 살아 있는 소의 멱을 따 그 피를 마시거나 흩뿌리거나 몸을 씻었다. 아바나 비에하 골목에서도 목이 없는 양이나 염소 등의 사체들이 널브러져 있는 것을 자주 목격했다. 우리나라 무속신앙과도 비슷해 보인다.

카톨릭 국가라고 생각했던 쿠바에서 많은 국민들이 '산테리아 신도'라는 사실은 흥미로웠다. 쿠바의 혁명정부는 무신론을 장려했다. 그러나 당시 카톨릭 교회는 유산계급과 동맹을 맺고 독재자 바티스타의 부패한 정권에 의해 고문, 살해당하는 젊은이들이 넘쳐났어도 1950년대의 카톨릭의 부흥을 긍정적으로 평가했다. 당시 카톨릭은 부패한 정권의 편에 서 있다는 비판을 면하지는 못했다.

혁명정부도 종교를 받아들이지 않았다고 하지만 그것은 사실이 아니었다. 1959년 1월에 피델 카스트로가 연설을 마칠 때쯤 산테리아에서 '생명'을 상징하는 하얀 비둘기들이 그의 어깨에 앉았다. 피델을 신격화하려는 의도가 다분한 이 장면에 많은 쿠바노들이 감동을 받았다. 그리고 피델 카스트로가 주도한 1953년 7월 26일 몽카다 병영 습격사건에서 '혁명'과 '투쟁'의 의미를 갖는 깃발의 색을 오리샤(산테리아의 '신'을 의미)인 '엘레구아(Eleggua)'의 색인 빨강과 검정으로 사용한 것도 산테리아의 영적인 의미를 담아낸

것이다.

1998년 요한 바오로 2세가 쿠바를 방문하기 전까지 쿠바는 무신론을 적극 장려했던 정책을 풀었다. 크리스마스도 축하할 수 있고 종교의 자유가 어느 정도 허용된 것으로 보였다. 교황님은 당시 쿠바 카톨릭 신자들의 대중적인 종교 정서를 가진, 쿠바에 뿌리를 둔 아프리카 기원의 다양한 종파의 바발라오(Babalawos: 요루바사제)와 다양한 사제들의 만남을 거부하고 국가적으로 덜 중요한 신자 공동체인 유대인들을 만났다고 한다.

아직도 나는 산테리아 신자들이 왜 스스로 카톨릭 신자라 일컬으며 유일신이 아닌 다신을 믿고 동물을 죽이는 의식을 행하는지 잘 모르겠다. 그런데 시간이 흐르면서 쿠바인들의 성향에 흐르는 그 절충적인 특성이 종교에서 어떤 모습으로 나타났는지 이해하게 되었다. 절대선, 절대악의 구분이 존재하지 않는 산테리아. 신들은 다양한 경로와 모습을 통해 선과 악을 행한다.

신이 악을 행한다는 것도 이해하기 어렵지만 쿠바 종교의 이러한 절충적인 사고는 선과 악의 이분법적 영역을 배제한다. 유일신이 아닌 다신과 절대선과 악의 구분이 없는 이 초월적인 종교는 그 신비하고 미스테리한 영향력으로 쿠바 전체에 퍼져있다. 순수한 교리에 대해서도 거부한다. 쿠바의 작가 호세 레자마 리마(Jose

Lezama Lima)는 "트로피컬의 나라에서는 모든 것이 녹는다(En el tropico, todo se derrite)"라고 쿠바의 종교에 대해 말했다.

그리고 평론가이자 문학가인 알레호 카르펜티에르(Alejo Carpentier)는 쿠바 문화의 본질은 '순수하지 않은 불순함'. 그것이 곧 '순수'가 되는 것이라고도 했다. 아프리카에서 온 이질적인 종교인 요루바가 쿠바의 카톨릭과 만나 새로운 종교로 탄생된 것. 이것이 곧 쿠바의 '산테리아'이다. 쿠바노들은 종교마저도 섞고 녹여 내어 새로움을 탄생시켰다. 그 특유의 '절충주의', 이것이 바로 쿠바 사회 전반에 퍼져 있는 문화의 본질이 아닐까 한다.

4부

고통 끝에 피어난 아바나의 꽃

쿠바의 느린 시간

해마다 12월 초가 되면 라틴 아메리카 영화제가 쿠바에서 열린다. 영화제를 보기 위해 쿠바를 찾은 해외 영화 관계자 및 현지인들로 영화관은 거의 만석이다. 티켓을 구매하면 네다섯 곳의 아바나 극장에서 열 편 정도의 영화를 선택해 관람할 수 있다. 물론 영화제 기간 동안 쿠바 영화협회에서는 영화에 대한 간략한 시놉시스와 스틸사진이 있는 홍보물을 함께 배포한다.

2022년 한국에서 개최된 '쿠바 영화제'의 프로그래머로 일할 당시, 방한 일정을 함께했던 쿠바배우 알리시아 에차바리아(Alicia Hechavarria)와의 친분으로 라틴 아메리카 영화제의 초대권을 받았다. '알리시아'가 줄서지 않고 들어갈 수 있도록 배려해준 것이다. 그 전에 영화제를 보러 갔을 때는 쿠바노들과 함께 줄을 섰다. 줄을 서는 것이 귀찮은 일이긴 하지만, 때로는 익명이었던 그들과 금세 친해져 거리의 정보나 생생한 삶의 이야기를 들을 수 있는 기회가 되기도 하고 주고 받은 연락처가 도움으로 이어지기도 한다.

그날도 쿠바 영화를 보러 갔다. 알리시아에게 초대장을 받기 전이라 줄을 서야 했다. 30분 이상 줄을 서야 할 것 같아서 앞뒤의 아저씨들에게 잠시 목을 좀 축이고 올 테니 줄을 봐달라고 했다. 한국에서라면 이런 부탁을 하는 일이 좀처럼 없겠지만 긴 시간 줄을 서야 하는 쿠바에서는 흔한 일이다. 나는 얼른 물과 간식거리를 사 왔다. 그러고는 죄송한 마음에 내 줄을 봐줬던 아저씨들과 함께 나누어 먹는데 늘 그렇듯 '어느 나라에서 왔냐', '남쪽이냐, 북쪽이냐'라는 비슷한 질문과 뻔한 대답이 이어졌다.
그런데 문득, 아저씨가 한 분이 내게 물었다.
"외국인으로서 살면서 쿠바의 삶에서 크게 다르게 느껴지는 게 있다면?"
정신없이 과자를 먹다가 그분 얼굴을 빤히 바라보았다.
"시간이요."

아저씨는 그 시간이 어떻게 다른지 계속 물었다. 우리들의 대화는 영화관에 입장할 때까지 이어졌지만 제대로 된 대답을 하기도 전에 속사포 같이 질문을 쏟아내는 여러 명의 사람들 틈에서 적절한 답변을 하는 건 어려웠다. 입장이 시작되었을 때도 난 쿠바의 시간과 한국에서 내가 경험했던 시간이 어떻게 다른지 생각했다. 영화를 안 봐도 이런 아저씨들과 더 많이 대화를 했으면 좋으련만, 짧은 시간이 아쉬웠다. 착석을 하고 영화가 상영되기 전까지 아저씨께 할 말을 차분차분 정리했다.

"쿠바의 시간이요. 한국에서 살 때는 아무것도 안하면 불안하고 조급했어요. 늘 바빴고, 멍때린다던가 아무것도 안 하고 누워 있거나 하면 제 삶에 대한 이상한 죄책감을 느꼈죠. 늘 무언가 해야 하고 그것은 생산적이고 효율적인 결과로 나타날 수 있는 것이어야 했어요. 하루가 어떻게 가는지 모를 때도 많았고, 하늘이나 바다를 바라본다거나 구름의 모양을 관찰하고 길가는 행인들을 아무런 목적없이 바라보는 일들을 하는 게 쉽지 않았어요. 그런데 쿠바에서는 시간이 흘러감을 느껴요. 새벽에 일어나 창문을 열고 바라보면 집 주변의 나무들이 어둠 속에서 그 자태를 드러내며 새들이 노래하기 시작하고 동쪽 창으로 해가 나오면서 신선한 새벽의 공기를 뜨겁게 달구기 시작하죠. 늦은 오후가 되면 강렬했던 빛을 느리게 거두어 가는 것도요. 때로는 그 느림이 답답하고 불편할 때도 있더라구요. 서두르지 않고 급할 것 없는 그 느슨한 분위기 탓에 일을 처리하거나 쿠바노들과 약속을 할 때는 속이 부글부글 끓는 경우도 많아요. 사회적인 분위기가 개인에게 가하는 스트레스는 적은 편이라 좋긴 하지만 그렇기 때문에 불편한 점들도 있죠. 제가 감수해야 하고 받아들여야 하는 부분들인데 한국과 너무 다르다 보니 조금 어려워요. 그리고 알 수 없는 미래 때문에 현재의 즐거움과 만족감을 포기하지 않는 면도 제가 살았던 한국의 문화와 아주 다른 면이죠.

그렇다고 쿠바노들이 미래를 대비해서 돈을 모으지 않는다든가 하지는 않는 것 같았어요. 팬데믹으로 인해 사람들의 일거리가 없어졌을 때도 그동안 모은 돈으로 생활했다고 하는 쿠바노들을 많이 만나봤거든요. 저축을 하지 않고 돈이 생기면 거의 다 써버리지 않을까 했던 것은 저의 편견이었던 거죠.

과거에 크게 집착하지 않고 알 수 없는 미래를 위해 현재의 불행을 감수하지 않는 것. 그래서 쿠바노들의 현재 시간은 느슨하게 느껴질 때가 많은 것 같아요. 저는 그걸 게으름이라고 부르는 것에 대해 반대해요. 자연과 환경의 영향으로 인한 생활 문화인 거죠. 그래서 물리적으로 똑같은 24시간이라도 쿠바에서의 하루는 더 길게 느껴지는 것 같아요. 그 속에는 서사가 있어요. 나만의 서사요. 낯선 땅이었지만 이제는 제가 발을 딛고 살아가는 곳. 나의 삶의 이야기가 담긴 곳이요. 내가 만들어가는 삶의 시스템이 작동하는 곳. 그렇게 저는 제 시간과 삶을 존중하는 방법을 배우고 있어요. 내 삶의 테두리 안에서 흘러가는 시간은 나만이 잡을 수 있는 것이죠. 저는 저를 받아준 쿠바의 시간에 감사해요. 그렇지 않았다면 제가 경험한 문화 속에서만 시간과 삶의 형태를 수동적으로 받아들이고 살았을 거예요.

영화로 비유하자면 한국에서는 필름을 빨리 감기 하는 것 같고 쿠바에서는 시간이 슬로우모션으로 흘러가는 듯하거든요. 저는 햇빛이 중요하다고 생각해요. 쿠바의 투명한 태양 아래서는 슬픔도 녹아내리는 것 같아요. 건강한 생명체로서의 나를 느끼죠."

아저씨에게 다시 정성스레 답변을 할 요량으로 생각을 정리하며 핸드폰에 메모를 남겼다. 그렇지만 영화가 끝나고 총총히 출구를 향해 손을 흔들며 나가는 아저씨를 붙잡으려다, 말았다. 아마 내게 했던 질문도 기억을 못할지도 모른다. 어쩜 그게 쿠바의 시간일 수도 있으니까 말이다.

께 볼라(Que Bola)

"께 볼라(Que Bola)?"

2015년, 오바마가 쿠바를 방문했을 때 쿠바노들에게 건넨 쿠바식 인사말이다. 오바마는 아바나 '호세마르띠' 공항에 도착하자마자 쿠바식 스페인어로 쿠바노들에게 강렬한 인상을 남겼다. 이 표현은 "잘 지내(Como Estas)?"정도로 해석할 수 있는 말이다. 쿠바에서 사용되는 남자들의 인사말이다(최근에는 쿠바나들도 이 표현을 사용하기 시작했다). 반가운 사람들끼리 인사할 때, 쿠바노들은 악수를 격하게 하며 "께 볼라, 아쎄레(Que Bola, Asere)!"라고 한다. 대화 중 '아 쎄레(Asere)!'라는 표현을 하는 것을 보고 무슨 뜻이냐 물었더니 별 의미는 없다고 했다. 일종의 추임새라고 해야 할까.

'께 볼라(Que Bola)'는 공식적인 자리에서 쓰는 표현은 아니지만 대중적이면서 친숙하게 쿠바노들에게 다가가기 위한 오바마의 기지가 돋보였다. 쿠바에 방문하기 전 오바마는 쿠바 최고의 인기 시트콤이자 사회 풍자물인 〈비비르 데 꾸엔토(Vivir de cuento)〉에 연락을 했다. 시트콤의 주인공 판필로는 미국 백악관에서 전화가 왔다며 흥분을 감추지 못했다. 오바마는 1주일 후 쿠바를 방문할 때 반드시 주인공 판필로의 집에 들르겠다는 말도 남겼다(시트콤 출연 예고).

얼마 후 쿠바와 미국의 관계 개선에 적극적인 의지를 가지고 오바마가 쿠바에 방문했다. 약속대로 판필로의 집(시트콤 녹화장)에 깜짝 방문. 판필로에게 "께 볼라(Que Bola)!"라고 인사말을 건넸다. 시트콤 출연자들은 모두 환호하며 대통령을 반겼다. 대본이 있었는지는 잘 모르겠지만 자연스럽게 그들과 어울려 쿠바노들이 가장 사랑하는 게임 '도미노'를 함께했다. 양국 간 오랜 갈등의 골을 좁히려 오바마는 쿠바노들에게 인간적인 소탈한 모습으로 친근하게 다가갔다. 시트콤에 전화를 하고 직접 출연하여 쿠바와 미국의 관계 개선에 대한 의지를 보여주려 했다. 이후 아바나의 거리에서 할리우드 영화 〈분노의 질주〉 촬영을 비롯, 샤넬의 크루즈 패션쇼 그리고 '레드불 절벽 다이빙 대회' 등을 통해 쏟아져 들어오는 미국인 관광객으로 쿠바의 거리에 활기가 넘쳐나기 시작했다. 트럼프 정부가 들어서면서 양국 관계가 악화되었지만 말이다.

"께 볼라(Que Bola)!" 오바마는 공항에 도착하는 순간 쿠바노들조차 기대하지 않았던 이들만의 인사법으로 열렬한 환영을 받았다(그는 관타나모 이양문제는 해결하지 않았다). 스페인어를 사용하는 언어권에서는 그 나라에서만 사용되는 저마다의 표현이 있다. 쿠바식 스페인어의 화끈한 인사법! 약간 과장된 악수를 나누며 "께 볼라(Que Bola)!"라고 말할 때, 이들은 무엇인가를 도모하는 한 팀 같다. 어려운 시절을 함께 극복해왔고, 정부의 도움 없이 저마다의 시스템으로 살아가는 그들이 서로의 어려움을 공감하는 짧고 화끈한, 쿠바노들만의 깊은 연대를 느끼게 하는, 쿠바노들의 정체성이 살아 있는 표현! 쿠바의 거리에 가게 된다면 꼭 사용해보시라. 그다음에는 생각지도 못한 격의 없는 대화가 펼쳐지기 시작할 것이다.

자애의 마리아, 사랑의 신 오슌

쿠바 제2의 도시이자 동쪽 끝자락에 자리한 '산티아고 데 쿠바(Santiago de Cuba)'로부터 16㎞ 지점. 구리광산으로 유명한 지역 '엘 코브레(El Cobre)'에 우뚝 솟은 신비로운 분위기의 성당이 보인다. 스페인 식민 시절부터 구리 광산으로 유명한 이 지역에 세워진 성당이다. 쿠바 전역은 물론 전 세계의 성지 순례자들이 이 성당에 모셔진 '코브레의 자애의 마리아(Virgen de la Caridad del Cobre)'를 보기 위해 모여든다. 쿠바의 수호성인이며 쿠바 국민의 어머니라 일컬어지는 '자애의 마리아'. 1998년에는 교황 '요한 바오로 2세'도 이곳을 방문하여 '자애의 마리아'상의 머리에 왕관을 씌어 주었다.

말로만 듣던 성당을 드디어 방문하게 되었다. 한참 계단을 오르고서야 성당 내부로 들어갈 수 있었다. 늦은 오후에 산골 마을에서 나무를 패어 밥을 짓는지 곳곳에서 연기가 피어올랐다. 산을 둘러싼 연기는 마치 안개처럼 성당의 분위기를 신비롭게 만들어 주었다. 세월의 흔적이 고스란히 느껴졌던 한쪽 벽에는 수많은 목발이 걸려 있었고, 사람들이 가져온 꽃다발과 소망을 담아 기도한 촛불들이 아직 꺼지지 않은 채 놓여 있었다. 내 눈에 가장 먼저 띈 것은 기적을 행한 흔적으로 성당 벽에 걸린 목발이었다. 나는 기적을 낳은 이 성당의 이야기가 궁금해졌다. 성당 한쪽 벽에는 성당의 연원에 얽혀 내려오는 전설을 그림으로 구성하여 방문자들의 이해를 도왔다.

1612년, 원주민 형제와 흑인 노예는 소금을 찾아 '니페'의 만으로 항해를 떠난다. 그들은 풍랑을 잠재우는 물 위에 떠다니는 성모상을 발견하여 '바라하구아(Barajagua)'로 가져갔다. 물 위에 떠 있어도 젖지 않은 성모상의 신비로움 때문이었을까. 성모상은 이후 지금의 구리 광산 근처 마을로 옮겨져 성당 안에 봉헌되었다. 아바나의 국립미술관에서도 '니페'의 만에서 보트를 타고 가다 성모상을 발견한 이야기를 모티브로 한 미술작품들을 만날 수 있다. 미술과 음악 대중문화에까지 쿠바노들의 정신 문화에 많은 영향을 준 성모가 '엘 코브레'에서 어떻게 쿠바의 사랑과 자애의 기적을 행하는 성모상이 되었을까.

구리가 풍부한 마을 '엘 코브레(El Cobre: 코브레는 스페인어로 구리다)'에 스페인 당국의 식민착취가 본격화되면서 많은 흑인 노예들이 유입되었다. 흑인들을 수용하기 위한 막사가 지어졌고, 노예를 치유하기 위한 병원, 그리고 숲으로 도망가서 살고 있는 흑인 노예들인 '씨마론(Cimarron)'들을 잡기 위한 수비대들도 있었다. '씨에라 마에스트라' 산맥 뿐 아니라 쿠바 전역의 숲과 산등성이에는 도망간 노예들이 숨어서 무리를 이루며 살고 있는 '팔렝께(Palenque)'가 생겨났다.

구리 광산에서 일하는 흑인 노예들은 제단에 봉헌된 자애로운 어머니인 성모상을 믿었다. 성모상을 비추는 봉헌 램프에 담겨 탄 기름으로 치료를 했던 그들은 기적을 경험했다. 기적적인 치유로 인해 많은 사람들은 성모상을 보러 모여들었다. 허리케인의 영향으로 성당이 무너졌을 때에도 성모상은 그 자리에 남아 있었고 20세기 초에 다시 성당을 지어 성모상을 봉헌했다. 기적을 행하는 성모상의 집단적 서사는 이렇게 만들어졌다. 성모상을 봉헌할 장소를 물색했을 당시 이야기에 따르면 사랑의 성모가 발현하여 머물고 싶은 장소를 선택했다고 한다. 구리 광산은 나날이 번창했고 이 지역의 성모상을 숭배하는 쿠바 동쪽의 원주민들과 귀족들의 종교적 감수성은 많은 이들을 이곳으로 끌여 들였다.

1868년 10월 10일 스페인 정부로부터의 독립을 위해 투쟁했던 맘비(독립군)들은 이 곳을 먼저 점령했다. 스페인의 착취로부터 벗어나기 위해 쿠바의 초대 대통령 '까를로스 마누엘 세스페데스'는 성모상 앞에서 쿠바의 독립을 위한 기도를 했다. 농민들과 지역 주민들은 혁명을 위해 성당에 모여들었고 성모는 '라 비르헨 맘비사(La Virgen Mambisa: 독립군을 위한 성모)'로 불리워졌다. 1895년 스페인과의 독립전쟁 당시 쿠바의 독립군들은 자신을 보호하기 위해 성모의 이미지가 새겨진 메달을 몸에 지녔다. 쿠바 독립 혁명의 영웅 '안토니오 마세오(Antonio Maceo)'는 총을 맞았지만 메달 덕분에 몸에 총알이 박히지 않아 죽지 않았다고도 했다. 쿠바 독립 영웅들의 행보가 담긴 이 이야기는 대중 속으로 퍼져나갔다. 쿠바 전역과 해외에서 많은 순례자들이 몰려들었고 1998년, 쿠바를 방문한 교황 '요한 바오로 2세'는 성당을 찾아 '쿠바의 수호성인'으로 임명하며 성모의 머리에 왕관을 씌우고 오른손에 금과 진주로 된 묵주를 놓았다.

헤밍웨이는 '노인과 바다'로 노벨 문학상 수상 이후, 그 메달을 '자애의 마리아(Virgen de la Caridad del Cobre)' 앞에 바쳤다. 미국인으로 쿠바에 살고 있던 그는 종종 낚시를 즐겼던 아바나 동쪽의 '코히마르'에서 만난 어부들의 이야기 그리고 생생한 쿠바노들의 삶의 이야기를 통해 노벨 문학상을 받을 수 있었다며 메달을 봉헌하며 쿠바노들에게 감사함을 전했다.

구불거리는 산고개를 달려 멀리 보이는 성당이 눈앞에 모습을 드러냈을 때, 그 신비한 분위기를 지금도 잊지 못한다. 광산 주변의 산에 이런 성당이 존재한다는 것도, 쿠바노들 사이에서 오랜 시간 회자되어 온 성당에 얽힌 이야기들과 벽에 걸린 목발들도, 해외로 떠나는 쿠바의 운동선수들과 가수들이 이곳에서 미사를 드리고 기적을 염원한다는 이야기들도 성당으로 들어가는 나의 발걸음을 더욱 조심스럽게 했다. 발자국 소리에 나의 기원이 흩어져 버릴까 염려가 되었다. 나는 신심을 다해 초를 켰다. 이곳에서 행해졌다던 기적들이 내게도 이루어지길 기원했다. 제단에 봉헌된 성모상을 올려다 보았다. 얼굴은 잘 보이지 않았지만 갈색 피부의 성모상이 뚜렷했다. 쿠바적인 피부색인 '물라토'의 이미지였다. 금색실이 수 놓아진 마리아의 옷은 노란 빛깔이었다. 쿠바의 카톨릭은 '산테리아' 신자들과의 경계가 모호하다. 사람들은 '동정녀 마리아'라고 하기도 했지만 '산테리아'에서는 그녀의 노란색 옷은 사랑의 신 '오슌(Oshun)'이라고도 했다. 무엇으로 불리어지든 그녀는 쿠바노들의 가슴에 기적을 행한 성모로 자리한다. 스페인과의 독립전쟁에서 승리를 쟁취하는 기도를 드리고, 아프리카에서 온 흑인 노예들의 질병을 낫게 해준 사랑과 자애의 성모인 것이다.

해마다 9월 8일이 되면 '엘 코브레'의 성소로 버스, 트럭, 자동차, 오토바이 등을 타고 수천 명의 쿠바노들이 성모상에게 경의를 표하기 위해 몰려든다. 기적의 방에는 수백 개도 넘는 촛불이 켜진다고 한다. 이곳에서 행해진 기적의 증표로 여러 물건들을 전시해 놓았다. 인형이나 야

구공, 트로피, 모자, 쿠바 최초의 우주인이 우주로 가져갔던 지구본 등도 있다고 한다. 성당의 가장 높은 지점에 서 있는 작은 성모상 '자애의 마리아'를 보기 위해 몰려든 사람들은 코브레 성당에 얽힌 노래를 부른다. 많은 대중 가수들이 '자애의 마리아'를 위해 노래를 만들었다고 한다. 아바나에서 느낄 수 없었던 쿠바노들의 성모에 대한 사랑을 아바나에서 15시간이나 걸려 당도한 '엘 코브레 성당'에서 느꼈다. 경제가 갈수록 어려워지다 보니 성당을 찾는 발걸음이 뜸하다고는 하지만 '엘 코브레' 성당의 기적의 이야기는 쿠바노들 가슴에 여전히 남아 있다. 어려운 경제 현실 때문에 떠나는 사람들이 많다고 해도 오늘도 성당을 찾는 쿠바노들과 해외 순례자들은 희망을 품고 성당의 계단을 오른다.

그들은 오늘 무엇을 신에게 갈구할까. 건강과 사랑, 평화 속의 안온한 삶과 일용할 양식까지. 나도 쿠바노들을 위해 기도했다. 쿠바노들에게 '씨에라 마에스트라' 산맥의 '엘 코브레'의 기적이 절실하다. '사랑과 자애의 성모' 또는 '오슌'이 이들의 배고픔과 질병으로 인한 고통을 외면하지 않기를 기도했다. 신비롭고 평화로운 곳에 위치한 코브레 성당이 쿠바노들의 삶을 가까이 보살피기를. '자애의 마리아'의 기적이 멈추지 않고 행해지기를. 아름다운 섬나라 쿠바를 떠날 수밖에 없는 이들의 절망과 슬픔을 교회가 외면하지 않기를. 그리고 쿠바섬에 끌려와 강제 노동을 했던 아프리카 흑인 노예들과 한인 후손들과 이 섬을 스쳐 갔던 수많은 사람들의 영혼과 아픔을 보듬어 주기를.
나의 기도는 카리브의 섬나라 쿠바 역사 속 약자들을 어루만졌다.

노을빛이 서쪽 하늘에 붉게 물드는 시간, 여정을 멈추고 성당 밖 벤치에 앉아 산등성이와 마을을 내려다봤다. 평화로운 정적 속, 마차를 끌고 바삐 길을 떠나는 마부, 그리고 말발굽 소리가 나의 나머지 여정을 재촉했다. 아바나에서도 15시간이나 걸려 달려온 곳, 한국에서는 더더욱 먼 이곳에서 알 수 없는 그리움과 처연함에 눈물이 어룽졌다.

쿠바는 내게 많은 것들을 보여주었다. 쿠바의 삶을 가슴으로 끌어안으면 안을수록, 누군가를 포용하고 때로는 좌절하고 기뻐하면서 잠깐씩 보여주는 쿠바의 민낯에 감탄할 때마다 나는 천천히 쿠바로 걸어 들어갔다. '엘 코브레' 성당은 방문할 때마다 형언할 수 없는 감동을 선사한다. 아바나에서 느껴보지 못한 평화로움. 그 평화 속 쿠바에서 살고 있는 이방인으로서의 '나'의 삶을 돌아보게 한다. 친절하게 나를 받아 준 쿠바, 슬프고도 아픈 삶의 정수를 경험하게 해준 쿠바에서 나의 정신은 웃자랐다고, 비로소 사람이 된 것 같다고 감사의 기도를 드리며 자애의 성모 앞에서 초를 켰다.

미국의 쿠바 경제 봉쇄 정책

미국의 경제봉쇄 속에서도 쿠바인들은 폭넓은 외교관계를 구축해 나가며 체제를 지켜왔다. 미국은 국제사회에서 쿠바를 고립시키기 위해 온갖 수단을 동원해왔지만, 쿠바를 무너뜨리는 것은 쉽지 않았다. 미국의 쿠바에 대한 일방적인 개입은 「헬름스-버튼법(Helms-Burton law: 1996년 제정)」을 통해 노골적으로 드러났다. 헬름스와 버튼은 미국의 상하원 외교위 위원장인데 쿠바에 대한 경제제재 조치를 강화하고 쿠바에 대한 외국인 투자를 막고 쿠바 경제에 타격을 주기 위한 정책을 만들었다. 쿠바에서 미국인들이 몰수당했던 자산을 거래하는 외국기업들에 대해 미국 법정에서 소송을 제기할 수 있게 한다는 내용이다. 그런데 2018년 가을, 예전부터 존재했던 「헬름스-버튼법」에 대한 소문이 돌기 시작했다. 주로 외국인 주재원들을 통해서였다.

쿠바에 진출한 기업들은 다른 어떤 나라보다 비즈니스가 더 어렵고 복잡하다고 한다. 미국의 쿠바에 대한 경제봉쇄는 쿠바와 교역을 활발하게 하는 나라들에 대한 경고 조치로 이어진다. 현재 쿠바와 가장 많은 교역을 하고 있는 나라는 스페인 러시아 중국 등인데 스페인은 EU라는 버팀목이 있어서 미국의 눈치를 보지 않고 여전히 활발하게 비즈니스 활동을 이어나가고 있다.

미국의 경제제재는 쿠바에 투자를 하려는 외국인들을 주저하게 했다. 금융을 강하게 봉쇄함으로 해서 달러가 쿠바로 흘러 들어가는 것과 기업이 쿠바에 진출했다 하더라도 쿠바에서 돈을 가지고 나가는 것을 어렵게 만들었다. 쿠바의 중앙은행 시스템에도 문제는 있다. 관료주의적 관행이 만연한 쿠바에서 외국기업의 자금 회수는 자본주의 국가보다 훨씬 어렵고 복잡하다. 위험을 무릅쓰고 외국인들이 투자를 강행하기가 어려운 실정이다. 그러다 보니 쿠바 경제는 악순환이 될 수밖에 없다. 그런데 이런 상황에서 「헬름스-버튼법」이라니. 도대체 이 법은 무엇이길래 연일 TV에서 강하게 비판을 하고 있을까.
미국에서 만들어진 이 법은 1996년 빌 클린턴 행정부 주도로 만들어졌다가 유예되었다. 그러다 트럼프 정부가 다시 부활시켰고, 쿠바에 대한 경제봉쇄를 한층 더 강화하는 수단이 되었다. 쿠바 정부는 이 법에 대해 '더 이상의 경제 봉쇄는 그만(No mas Bloqueo)'이라는 선전물을 필두로 미국의 봉쇄에 대해 강하게 저항하고 있다.

트럼프는 2019년 6월 초에 쿠바로 여행가는 미국 발 크루즈 여행을 중지시켰다. 매일 미국에서 대형 크루즈가 들어와 관광 산업에 일조하고 있었는데 크루즈가 더 이상 들어오지 않으면서 아바나의 관광업이 주춤한 것은 사실이다. 미국은 혁명 이전 쿠바에 다양한 다국적 기업과 호텔들을 소유하고 있었다. 혁명 이후 자신들이 일궈 놓은 비즈니스를 쿠바에 놔둔 채 떠나야 했던 기업가들과 이민자들은 2~3년 안에 피델 카스트로가 무너지면 다시 돌아와서 모든 것들을 되찾을 수 있다고 믿었다. 하지만 쿠바의 카스트로 정권이 소련의 원조와 더불어 점차 사회주의 국가로 입지를 굳힘에 따라(1976년 사회주의 국가로 헌법에 처음 명시) 그들의 계획은 불가능해졌다.

미국 정부는 쿠바를 더욱 강하게 몰아붙이기 위해 냉전

이후, 라틴 아메리카 국가들에게 쿠바와의 외교 단절에 대한 압력을 행사하기도 하고, 구소련 독립국가들에게도 관계 단절을 요구했다. 그리고 1996년, 이 법을 제정했다. 이 법은 '혁명 전 쿠바 내 미국인들의 재산과 사업권을 현재 다시 되찾을 수 있거나 그것에 대한 쿠바 정부의 정당한 보상을 받을 수 있다'는 것이다.

쿠바는 1898년 스페인으로부터 독립을 쟁취했으나 1902년부터는 공식적으로 미군정의 통치를 받게 된다. 쿠바노들은 이를 '네오 콜로니얼(Neo Colonial)' 시기라 부른다. 당시 전기나 석유 정제 회사, 설탕 공장, 호텔 등의 굵직굵직한 사업권은 미국이 소유하고 있었다. 혁명 이후 쿠바는 모든 기업들을 국영화시켰다. 미국뿐 아니라 유럽이나 소련의 사업권도 국영화되었다. 쿠바 정부는 국영화의 과정에서 강압적으로 몰수한 것이 아니라 기업을 사들이기로 한다. 당시에는 쿠바가 경제적으로 매우 어려운 시기였기 때문에 조금씩 갚아나가는 수순을 밟았다. 미국 기업들에게 사업권을 정식으로 사들이겠다는 제의도 했다. 하지만 미국은 거부했다. 현재 기업체들은 쿠바 국영기업이 되었거나 러시아나 중국 혹은 다른 나라들과의 합

작회사가 되었다. 한동안 이 법은 유명무실한 듯하였다. 실제로 1997년에 무기한 보류를 시켰다. 그러나 트럼프가 2019년 6월부터 이 법에 대한 효력을 공식화하기로 했다. 예전에는 미국의 소유였으나 현재 러시아나 중국과 합작을 하고 있는 국영 기업이 있다면 미국은 자국 내에서 이 기업들에 대해 보복을 할 것이다. 잃어버린 자신들의 자산을 다시 찾기 위해 국제적 재판도 할 것이고, 끊임없이 쿠바를 자극하고 숨통을 조일 것이다.

'시보네이나 콜리', '미라마르'(쿠바의 부촌)에는 혁명 이전의 부유한 쿠바노들과 미국인들이 살았던 저택들이 많다. 혁명의 시기에 미국으로 이주한 1세대 이주민들은 현재 미국의회에서 반쿠바압력단체로서(FNC-A) 로비를 통해 목소리를 내고 있다. 이들은 1996년에 '쿠바 해방을 위한 형제들(Hermanos al rescate)'을 결성하여 플로리다에서 아바나 상공으로 비행을 하며 전단지 등을 뿌렸고, 쿠바 정부가 이들의 경비행기를 격추했기 때문에 빌 클린턴은 쿠바에 대한 제재를 강하게 밀어붙였다. 반쿠바압력단체는 또한 쿠바에 관광을 가지 말라는 경고로 호텔 등에 폭탄 테러를 자행하기도 했다. 피델 카스트로는 이들의 계획을 미리 알기 위해 망명자로 위장한 스파이를 미국에 보냈다. 스파이들은 미국의 테러 계획 등을 미리 쿠바에 알려 위기를 넘겼다. 그렇지만 결국 쿠바가 보낸 스파이들은 미국 정부에 의해 체포되었고 쿠바에서 미국으로 보낸 스파이 5명이 미국에서 복역을 했다. 쿠바의 가족들마저도 이들이 가족을 버리고 미국으로 망명해 호의호식하며 살고 있다고 믿었다. 이들은 쿠바를 위해 미국에서 위장취업을 하고, 쿠바노들의 망명 단체에 접근, 대쿠바 테러 사건들에 대한 정보를 미리 입수하여 쿠바 정부에 알렸다. 그들이 석방되어 쿠바로 다시 송환되었을 때 쿠바 정부는 이들을 '5인의 영웅'이라며 대대적인 환영을 했다*.

혁명 직후 쿠바를 떠난 이들은 대부분 부유했고 사회 각 전반에 필요한 핵심 두뇌들이었다. 쿠바에 남은 쿠바노들은 고국을 떠난 이들을 '구사노**(Gusano: 구더기 혹은 번데기)'라고 부르며 반혁명분자이자 쿠바를 배신한 매국노나 다름없는 사람들로 간주했다. 한때 구사노로 불렸던 쿠바노들은 이제 미국에서 삶의 뿌리를 내렸다. 시민권을 얻은 후에는 이제 자유롭게 쿠바에 들어올 수 있다. 미국에 사는 쿠바노들이 경제적 여유를 가지고 쿠바에 금의환향하면서 이들은 더 이상 구사노가 아니었다. 외부와 차단된 생활을 했던 쿠바노들에게 인터넷이 자유로워지면서 친척, 친구, 이웃들이 미국에서 굶주림 없이 일을 하고 합당한 월급을 받는 삶을 산다는 것을 접한 이후로 그들은 더 이

* 이 실화를 바탕으로 나온 영화는 넷플릭스에서 〈와스프 네트워크(Wasf network)〉로 볼 수 있다.

** 구더기, 번데기란 뜻으로 쿠바를 버리고 미국으로 떠나는 사람들에 대한 경멸의 의미가 담겨 있다.

상 '구사노(번데기)'가 아니라 '마리포사(나비)'가 되었다.

혁명은 인민들이 필요한 모든 것을 주겠다고 약속했다. '크리스마스에는 선물을 줄 필요가 없다. 혁명이 모든 것을 줄 것이기 때문'이라며 현실을 풍자했다. 90년대 초반의 경제적으로 어려웠던 특별시기 이후, 지금 쿠바는 최악의 시기를 관통하고 있다. 쿠바 경제 문제의 해법을 찾는 것이 시급하다. 쿠바 정부는 경제 문제의 원인은 '외부의 경제제재'라고 하고 있지만 60년 동안 그 대답은 변하지 않았다며 쿠바노들은 분통을 터트리고 있다. 미국의 쿠바노들은 쿠바의 언론과 표현의 자유를 위해, 혹은 쿠바에서 어려움을 겪는 가족들을 위해 지속적으로 쿠바를 압박하는데 국제사회의 힘을 동원할 것이다.

'쿠바에 여행하지 않기', '쿠바의 가족에게 송금하지 않기' 등의 캠페인을 벌이는 미국내 반쿠바 단체들의 기발한 아이디어로 고통받는 것은 쿠바 정부가 아니라 결국 쿠바 국민들이다. 미국과 쿠바 양국 사이의 불편함이 언제 해소될까. 미국 대선이 있을 때마다 쿠바 국민들도 촉각을 세운다. 미국정부의 대쿠바 정책은 쿠바노들의 삶과 직결되기 때문이다. 2022년 여름 이후, 쿠바에 거주하는 외국인들의 미국행이 불가능해졌다. 미국 정부에서 쿠바에 거주하거나 여행을 하는 사람들의 미국 단기 입국허가인 ESTA를 취소한다고 발표했기 때문이다.

쿠바의 삶에서 불편함은 내 삶의 일부가 되었다. 정치적인 이슈가 생활에 끼치는 영향이 이렇게 빠르게 나타나는 나라가 있을까. 미국의 대쿠바 정책의 영향으로 식료품 구하는 일뿐만이 아니라 가솔린의 부족과 전력난으로 2019년 이후 생활이 많이 불편해졌다. 총체적인 난국 속에 살고 있지만 생활은 가까스로 이어나가고 있다. 전기가 자주 나가지만 그러려니 하고, 가솔린을 넣으려면 7시간 넘게 줄을 서야 하고, 대중교통이 줄어 자전거를 타고 다니게 되기까지 내 생활의 불편함에 정치적 이슈가 바로 반영되다 보니 뉴스에 더 촉각을 세우게 되었다. 때로는 피곤하고 불편한 쿠바의 삶은 타자인 쿠바노들의 삶이 아니라 이제 나의 삶이 되었다. 그렇지만 나도 아우구스토가, 나의 쿠바 친구들이, 나의 이웃들이 그랬던 것처럼 이곳에서 씩씩하게 건강하게 오늘을 포기하지 않고 살아갈 것이다.

어느덧 한국의 우리 가족도, 친구들도 말한다.

"앙헬라, 네가 그 어려운 나라 쿠바에 산다는 게 놀라울 뿐이야. 어떻게 견디는지 모르겠어."

나도 쿠바노처럼 대답한다.

"나도 잘 모르겠어. 살다 보니 살아진다는 말이 맞는 것 같아. 나도 오늘을, 현재를 살아. 지금 내 앞에 당면한 문제를 풀어가면서, 다가오지 않은 내일의 일로 미리 겁을 먹거나, 걱정을 하지 않아! 원했던 일들이 잘 풀리지 않았을 때 다른 길이 있나보다 라고 금방 마음을 추스르게 됐어. 쿠바에서 배운 거야. 마음이 한결 편해졌어."

슬픔과 절망의 바다

'요안 카포테(Yoan Capote, 1976년~)'는 현재 왕성하게 활동하고 있는 쿠바의 대표적 미술 작가이다. 사진으로만 접했던 그의 작품을 아바나 갤러리의 전시를 통해 직접 볼 수 있었다. 수차례의 해외 전시와 비엔날레에서의 수상 이력 등을 통해 그가 일관되게 추구해온 작품의 주제가 해외에 많이 알려지게 되었다.

대부분 그의 작품 소재는 '바다'다. 그의 바다 그림은 늘 단순하다. 깊고 어두운 바다와 곧 비라도 쏟아질 것 같은 무거운 하늘이 중앙을 분할했다. 그리고 그는 캔버스가 아닌 나무 패널에 바다를 형상화했다. 캔버스가 아닌 패널에 바다를 형상화한 이유도 깊고 어두운 바다의 윤슬을 효과적으로 표현하기 위해 낚시 바늘을 사용했기 때문이다.

요안 카포테의 작품에서 빈번한 소재가 되는 바다는 우리가 알고 있는 캐리비안의 수정처럼 맑고 깨끗한 바다와는 거리가 멀다. 내가 그의 그림 속 바다를 이해하기 시작한 것은 쿠바에 살기 시작하고 몇 년이 지나서였다. 그것은 쿠바노들의 삶의 현실이 가슴에 와닿을 때 볼 수 있는 그런 '바다'였다. 바다를 통해 가족을 떠나보내고 남아 있는 사람들의 삶과 기약 없는 미래, 좌절, 분노를 이해할 때 보이는 바다였다. 그리고 쿠바라는 섬의 지형적 특징을 받아들일 수밖에 없는, 섬에 살고 있는 사람들의 고립감, 바다를 바라보고 살아야 하며 때로는 바다를 넘어서지 않고는 살 수 없는 그들의 숙명적 삶의 원형을 이해할 때 보이는 그런 바다 말이다.

팬데믹 이후, 경제적 이유로 쿠바를 떠나는 사람들이 많아졌다. 떠나는 사람들이 있으면 남겨진 사람들도 있다. 함께 사는 파트너가 갑자기 미국으로 가버리기도 하고, 몇 년 후에 다시 올 것을 기약하는 가족들. 남편, 아내, 자식들. 함께 떠날 수 없어 남은 자와 떠난 자는 바다의 경계에서 눈물을 흘린다.

2020년 10월부터 2023년 1월까지 미국의 해안경비대에서 밀입국을 시도하려는 쿠바노들이 11,937명이었다고 발표했다. 바다를 통해서만 말이다. 그중 8,000명이 넘는 사람이 미국이나 멕시코에서 다시 쿠바로 되돌려 보내지기도 했지만 미국으로 가는 도중 바다에서 희생된 사람들의 대부분이 젊은이들이라고 한다. 죽음을 무릅쓰고서라도 절실하게 떠날 수밖에 없는 심정은 쿠바노로서 살아보지 않은 나는 완전하게 헤아릴 수는 없을 것이다.

2023년 1월부터는 미국의 가족이나 지인이 신원보증을 하면 미국으로 빠르게 갈 수 있는 길이 열렸다. 사람들은 심지어 미국에서도 쿠바의 집 매매 거래를 하여 돈을 마련하고 브로커를 구해 주변인들에게 거의 알리지 않은 채 쿠바를 떠난다. 쿠바 생활에 적응하는 무렵에는 수정처럼 맑은 아름다운 카리브해 운운하며, 그 아름다운 바다에 얽힌 쿠바노들의 애환을 알지 못했다. 내 이웃들이, 나의 친구들이 떠나야 한다며 짐을 싸고 쿠바를 떠나면 어디든 괜찮지 않겠냐며 떠날 준비를 하는 모습을 보면서 그들의 슬픔에 조금 가 닿는 기분이었다.

나는 이제 요안 카포테가 그리고자 하는 바다가 보이기 시작했다. 그것은 관광객의 눈에는 보이지 않는, 쿠바에서 태어나 쿠바의 시스템 속에서 성장하고 살아가는 사람들의 '온전한 바다'였다. 섬으로 들어와 잠깐씩 머물다가는 사람들은 그 바다가 품고 있는 깊은 슬픔과 절망과 아픔을 알지 못한다. 그리하여 요안 카포테는 쿠바노들의 슬픔을 담은 바다와 거친 파도를 '낚시 바늘'로 표현했다. 낚시 바늘의 금속성 날카로움은 바다를 경계로 하는 분단의 아픔을 형상화되었다. 그래서 그의 바다는 쿠바의 현실을 은유한다. 마치 마크 로스코의 단색화처럼 우리를 깊이 끌어당기는 절망 속 침묵과도 같은 바다다. 이민을 창작 모티프로 하는 그의 바다는 분단의 아픔이 지속되고 있는 우리네 역사의 아픔과 조금 닮아있다.

이산의 아픔과 휴전선을 넘을 수 없는 우리들의 아픔 말이다. 쿠바섬에 태어나면서 정해진 그들의 운명이 내 친구나 지인의 이야기가 되었을 때 나는 가슴이 아팠다. 내가 사랑하는 사람들이 쿠바를 사랑함에도 불구하고 가족들을 두고 한두 명씩 떠나고 있다. 북쪽 바다에 나가 한없이 바다를 바라본다. 그리운 이들이 떠나간 바다, 그리고 그들이 떠날 바다는 투명하고 깨끗한 현실의 아픔과 관련 없어 더 슬픈 바다였다. '바다를 경계로 한 이민과 그 과정 속 희생'의 아픔은 그의 작품에서 이토록 무겁고 아프게 그려진 것이다.

그들이 떠나고 나서 이곳에 남겨지게 될 나의 모습을 그려보니 바다를 바라보는 눈이 흐려진다. 가슴팍에서 뜨거운 게 올라오는 것 같다. 나는 이제 쿠바의 바다가 보인다. 요안 카포테의 바다가 내 가슴에 들어온 이후, 앞집 아줌마가 미국으로 떠난 딸과 손주가 그립다고 훌쩍거릴 때, 아줌마를 더욱 따뜻하게 안아 드릴 수 있다. 미국으로 떠난 마릿사 아줌마와 동영상 통화라도 하게 될 때는 나도 모르게 흥분해서 목소리가 커지기도 한다. 급하게 떠나는 이들은 반려동물도 그대로 두고 떠난다고 했다. 강아지와 고양들의 슬픔은 누가 달래줄 것인가. 짐을 쌀 준비를 하고 몸서리를 치며 쿠바를 떠날 생각을 하는 그들의 마음은 오죽할까 싶다. 가고 싶어 가는 것이 아니라 떠날 수 밖에 없다면서 '삶을 살아 보고 싶다'는 그들의 말이 이해가 된다. 나는 요안 카포테의 바다가 왜 그렇게 어둡고 슬픈지 이해할 수 있다.

쿠바노, 떠나는 자들

석사학위 논문을 준비하는 중국 학생을 지도하고 있는 마리아네를 방문했다. 마리아는 쿠바의 대중들과 평론가들에게 호평을 받고 있는 작가 '레오나르도 파두라(Leonardo Padura, 1955년 아바나 출생~)'의 소설을 영화화한 〈아바나의 사계절(Cuatro Estaciones: Four Seasons in Havana)〉을 분석 중이었다. 1990년대부터 2000년대 중반까지의 쿠바 사회상을 다룬 작가의 작품이다.

파두라는 현재 쿠바 작가 중 세계적으로도 많이 알려진 작가고, 국내외에서 수상을 여러 차례 했다. 때마침 그의 작품을 영화화한 것을 중국 학생에게 보여주고 있어 함께 보기로 했다. 극 중 형사 마리오 꽁데(Mario Conde: 쿠바의 국민배우 호르헤 페루고리아의 역)를 중심으로 격변하는 쿠바 사회에서 일어나는 사회적 정치적 문제를 다루는 내용이다. 주

인공 꽁데의 친구들 3명 또한 흥미롭다. 그의 친구들은 쿠바 현대사의 굵직한 사건들을 몸소 겪고 살아남은 사람들이다.

나의 주목을 끌었던 것은 '구사노'로 묘사된 쿠바노들이었다. 쿠바노들이 90년대에 외국으로 나갈 때는 자기 집의 열쇠와 살림살이 등을 정부에 주고 떠나야 했던 제도가 있었다(쿠바의 「이민법」은 자주 바뀌었지만 1980년대의 법에 의거). 이 시리즈에서는 미국으로 이민 간 주인의 열쇠를 관리하던 사람이 살해를 당하고 이를 조사하는 꽁데(Conde)를 통해 당시 쿠바의 현실적인 문제, 정치제도의 허점을 다룬다*. 열쇠를 관리하는 정부 관료들이 집안 가구뿐 아니라 집 열쇠를 자기 집과 바꿔치기 하여 큰 집일 경우에는 작은 자기 집과 바꾸는 등의 부정을 저질렀기 때문이다. 영화나 책 속에서 작가 '파두라'는 쿠바가 가지고 있는 정치 사회적 문제와 쿠바의 현실을 가감 없이 보여준다.

이 시리즈를 보면서 쿠바노들의 삶의 이슈가 이민과 밀접과 관계가 있음을 알게 되었다. 가족, 친지 등이 미국에

* 이 제도는 문제가 많아 이후 피델 카스트로에 의해 폐지되었다.

거주하거나 곧 비자를 받아 미국으로 떠날 쿠바노들이 많기 때문이다. 그러다 보니 쿠바에도 이산의 아픔을 겪는 이들이 많은 셈이다. 1979년 카터 대통령이 미국 내 쿠바인들의 쿠바 방문을 허용하면서 미국에 있는 쿠바노들이 가족을 보러 쿠바에 들어올 수 있게 되었지만, 그전까지는 강제로 떨어져 살 수밖에 없었다. 쿠바와 미국의 관계는 정치적으로 대립되어 있지만, 여전히 다수의 쿠바노들은 미국으로 떠나기를 원한다.

1959년, 혁명으로 인해 쿠바를 떠난 사람들은 쿠바에서 전문 인력이나 상류층에 속한 사람들이었다. 혁명정부는 남은 쿠바노들의 단결을 원했고 망명 가족 혹은 이민자들과의 관계를 끊을 것을 요구했다. 만약 가족 중에 미국으로 망명했거나 이민 간 사람이 있으면 쿠바에 남은 가족들은 직장을 잃거나 시스템의 차별을 받았다. 일종의 '연좌제'인 셈이다. 카터 대통령이 1979년 미국 내 쿠바 이민자들의 쿠바 여행을 허가한 이후 비로소 헤어진 가족들은 만날 수 있었다. 그리고 미국으로 떠난 이들은 시간이 흘러 어느덧 미국 국민으로서 미의회에서 목소리를 내기 시작했다.

이들은 쿠바 카스트로 정권을 독재정권으로 규정하고 쿠바노들의 자유를 위해 쿠바 내 반카스트로 인사들을 지원하고 쿠바에 테러를 가하기도 했다. 그리고 대부분 미국의 대 쿠바 정책은 미국 정치권보다는 쿠바 출신 정치인들에 의해 이루어졌다. 쿠바 내 전 코카콜라 법인장이었던 '호세 엘리아스 데 라 토리엔테(Jose Elias de la Torriente)'는 쿠바인의 망명자 모임을 만들어 기금을 조성하여 사기를 쳤다. 그리고 얼마 후 마이애미 자택에서 저격당하였다. 미국 정부는 이들의 '반쿠바 활동'에 대해 이렇다 할 제지를 가하지 않았다. 한때는 쿠바섬에서 함께 했던 그들이 미국으로 이민을 간 후 반쿠바 인사가 되다 보니 이들은 조국을 등진 '배신자' 혹은 '구더기'로 불리었다. 90년대 초 '마이애미' 내 반쿠바 조직의 활동을 그린 영화 〈와프스 네트워크〉에도 당시의 상황이 잘 그려져 있다. 이들을 지원하는 경비행기는 쿠바 출신 망명 가수 '글로리아 에스테판'과 '윌리 치리노' 등이 지원을 했는데 이 경비행기로 아바나 상공에서 쿠바를 비방하는 전단지를 뿌렸다. 그리고 쿠바에 여행을 가지 못하도록 호텔 등에 폭탄을 설치하여 사상자를 내기도 하였다.

예전에 마이애미에서 쿠바로 향하는 비행기에서 만난 옆

좌석 아저씨의 초대로 갤러리 겸 작업실 오프닝 파티에 갔었다. 파티장에서 만난 그들은 대부분 스페인 이중국적에 미국을 자유롭게 넘나들며 부유하게 사는 쿠바노들이었다. 그들 중 일부는 쿠바에서만 살고 있는 쿠바노들을 무시하는 듯한 태도를 은연중에 보였고 마이애미 남부에 사는 쿠바노들과의 차별성을 강조했다. 마이애미 남부에 사는 사람들은 자기들과 달리 경제적 이유(가난)로 쿠바를 탈출한 것이라고 말했다. 흑인에게는 조심스럽게 '모레노'라는(네그로는 인종차별적 발언이라 쓸 수 없다며) 호칭을 사용했다. 쿠바 내에서 쿠바노들은 인종적으로 대등하지만 미국 마이애미에서만큼은 미국 정부가 백인들을 역차별한다면서 불평했다. 미국 정부는 쿠바에서 이주한 모레노들을 폭동의 위험성 때문에 다독이고 감싸 안는 정책을 편다고 했다.

그리고 백인 쿠바노 지역에서는 이들 모레노들을 의식적으로 배척한다고 하며 부동산 가격도 차이가 나고 모레노들이 자신들의 구역으로 이사 오는 것을 막는다고 했다. 그는 자신들만의 깨끗한 지역을 만들기 위해서라고 덧붙였다. 그 아저씨와 비행기에서 쿠바 미술사 이야기를 하다가 파티에 초대되었는데 노골적인 사회적 편견을 듣고 있으려니 그 기이한 특권 의식에 불편한 마음이 들었다.

그리고 미국으로 떠난 쿠바노들의 삶 역시 녹록지 않겠구나 싶었다. 미국 내에서 쿠바노들이 미국인들보다 더 차별을 하다 보니 꿈에 그리던 미국에서의 '디아스포라'의 삶보다 마음 편한 내 땅 쿠바가 그립지 않을까. 그래서인지 미국으로 이주한 쿠바노들은 떠나온 쿠바에 대한 향수로 마이애미에 '리틀쿠바'라는 지역을 만들었고 여전히 쿠바식 스페인어를 구사하며 영어를 못한다고 해도 크게 문제시되지 않고 살아갈 수 있다. 그러나 쿠바노들끼리의 차별과 이민 후 사회, 경제적 기회마저 쉽게 얻을 수 없는 탓에 구체적 계획 없이 막연히 쿠바를 떠난 이민자들에게 미국에서의 삶은 새로운 도전이 될 것이다.

쿠바노들은 60년 동안 변함없는 그들의 정치 경제 시스템에 지쳤다. 다수의 쿠바노들이 쿠바를 떠나보고 싶어 한다. 미지의 세계에 대한 호기심과 더불어 노동의 대가로 가족을 부양하고, 기본적인 삶을 살 수 있다는 것만 해결된다면 어디든 떠나겠다는 것이다. 쿠바노들에게 어느 나라로 가고 싶냐고 물으면 대부분이 "우리는 어디든 가. 어디든 쿠바보다 못하겠어?"라고 한다. 이런 말을 들을 때마다 종국에는 '쿠바에는 외국인들만 남는 거 아냐?'라고 생각하게 된다. 쿠바노들도 포기하는 이곳에서 나는 뭘 하겠다는 건지 순간 어리둥절해진다. 지금은 비자*만 받으면 자유롭게 쿠바를 떠나 여행할 수 있지만 쿠바노들이 경유할 수 있는 나라는 러시아를 비롯하여 몇 개국이 되지 않는다.

이러다보니 쿠바를 탈출했다는 말이 돌고 실제 몰래 미국에 가기 위해 보트를 연결시켜 주는 브로커들이 성행하기도 했다. 마탄사스나 아바나 동쪽 바다 어디쯤 밤에 보트를 정박해 놓고 1인당 3,000불씩 받아 보트를 태워 미국으로 보내주는 일이다. 이들을 여기서는 '발세로(Balsero)'라고 부르는데 위험천만한 바다를 건너 목숨을 걸고 떠난다. 혹은 관타나모에 있는 미군 기지로 수영하여 망명을 요청하는 경우도 있지만 이제는 그마저도 받아주지 않는다. 트럼프 정부 이전에는 '젖은 발, 마른 발' 정책이 유효했기 때문에 바다를 건너온 쿠바노들은 미국에 발을 딛는 순간 비자 없이 체류할 수 있었다. 물론 체류에 따른 지원도 받았다. 목숨을 걸고 바다를 건너 미국에 도착한 이들

* 쿠바는 9·11 테러 이후 미국에 의해 테러지원국이 되어 쿠바노들이 외국에 입국하는 절차가 매우 까다롭다. 쿠바 정부가 여행 자유화를 한 것은 2012년부터다.

에게 미국은 영주권을 주었다. 더위와 상어떼의 위험으로 그 길이 만만치는 않지만 목숨을 걸어서라도 위험을 선택하는 이들이 있다. 극장 공연 티켓을 구해다 주는 친구가 말하길, 2014년도에 이웃의 청년이 커미션을 냈음에도 불구하고 브로커들의 실수로 명단에서 누락되어 바다 한가운데서 죽었다고 했다. 그는 명단에 없다는 이유로 바다에 던져졌다. 가차 없이 바다에 몸을 밀어 넣은 그 브로커는 잔인하다. 그 이후 해안 경비정이 그의 옷가지와 가방 등이 보트 스크루에 찢긴 것을 발견했다고 한다. 미국의 '젖은 발, 마른 발' 정책은 많은 쿠바노들의 목숨을 빼앗았고, 이제 그 정책은 폐기되었다. 미국의 이런 비인도적인 정책으로 인해 수많은 사람이 죽었다. 그래도 떠나는 행렬은 오늘날까지도 멈추지 않고 있다. 쿠바노들은 불법이든 비인도적이든, 쿠바를 떠나기로 작정을 한 이상 어디든 무슨 방법이든 떠나려고 한다.

그리고 2021년부터 쿠바노들을 비자 없이 받아주는 니카라과로 떠나기 시작했다. 그곳에 가면 육로로 멕시코로 갈 수 있다. 그리고 멕시코에서는 강을 건너 미국국경으로 넘어간다. '코요테'라 불리는 브로커에게 1인당 7,000~8,000달러의 돈을 주고 목숨을 걸고 국경을 넘는다. 국경을 넘어가면 미국 정부는 그들에게 생활 정착금을 지급한다. 이 일도 쉽지 않다. 국경을 넘으려면 강을 건너야 하는데 강을 건너다가 국경 수비대에게 잡히면 다시 쿠바로 돌아와야 한다. 그래서 브로커가 존재하는 것이다.

2022년, 쿠바의 소셜 네트워크에는 집과 자동차를 묶어 헐값에 매각하려는 사람들이 넘쳐나고 있다. 쿠바를 떠나야 인간다운 삶을 살 수 있을 것이라고 생각하는 그들을 쿠바의 현실을 몸소 겪어본 사람이 아니라면 아무도 비난할 수 없다. 나도 그런 비난을 할 자격은 없다. 극단의 어려운 상황에서 떠나는 마음을 이해하는 것은 같은 쿠바노들일 것이다. 마이애미에 식료품과 생필품을 사러 갈 때마다 우버 택시를 이용했었다. 미국 땅 마이애미는 또 하나의 쿠바였다. 우버로 부른 택시 기사들은 대부분이 쿠바노이거나 베네수엘라 컬럼비아 사람들이어서 영어를 쓸 필요도 없고 영어가 통하지도 않았다. 쿠바노들은 대개 동양에서 온 여자가 스페인어로 쿠바 이야기를 하면 반색했다. 미국에서의 삶이 만족스럽냐고 물었다. 쿠바에서는 별로 할 일이 없어 시간이 남아 돌았지만 미국에서는 자신이 일한 만큼 돈을 벌고 정신없이 바쁘게 일을 해야 살아남는데 한편으로 만족스럽다고 했다. 이들은 쿠바에 가족을 만나러 가면 친구들 앞에서 보란 듯이 금의환향해야 하니 '메르세데스'를 렌트해 친척들을 싣고 비싼 레스토랑으로 데려가는 허세를 부리기도 한다.

미국의 쿠바노들이 쿠바로 들어오기 여의치 않았던 때 이러한 상황을 풍자한 글이 있어 소개해 본다.
"마이애미에서 죽은 이모의 시신을 넣은 관을 쿠바의 가족 품으로 보냈다. 관속에는 12개의 참치통조림 등의 식료품들과 12개의 속옷, 스웨터, 바지 등을 입혀놓았거나 시신 옆에 넣었다. 가족들에게 제발 서로 갖겠다며 싸우지 말라는 당부를 하는 편지도 함께다."
한때는 'Yo no tengo FE(Familiares en el extranjero: 외국에 친인척이 없다)'는 말이 경제적으로 어려운 상황에 처해 있다는 것을 의미하기도 했다. 쿠바에서 일하지 않아도 살면서 생활수준이 좋은 사람들은 해외 친인척들의 송금에 의존하는 경우가 많다. 그리고 사회적 불평등은 외국에서 송금해주는 가족의 유무에 따라 달라진다.

이제는 '구사노'가 옛말이 된 것 같다. 그렇다고 미국에 이민 가 '마리포사(나비)'가 되는 삶을 꿈꾸지도 않는다. 떠난 곳에서 무조건 성공하여 안착한다는 것도 모를 일이고 역이민의 케이스도 부쩍 늘기 때문이다. 그리고 체제와 남은 이들에 대한 배신이 아니라 살기 위해 쿠바를 떠나는 그들을 아무도 비난할 수 없다. 쿠바노들은 자신들의 쿠바에 대해 이렇게 말하곤 한다. 아이들에게 미래의 희망을 줄 수 없고 결핍이 생활화된 곳. 아무것도 없는 곳. 그 없음의 지긋지긋함, 변화가 없는 단조로움과 배고픔, 사회적 불신으로 가득 찬 사회. 표현의 자유조차 없는 이 땅을 쿠바노들은 포기하고 싶기도 하다고. 그러나 쿠바를 너무나도 사랑한다고. 떠나는 자들을 이해하는 쿠바노들은 이제 그들을 비판하지 않는다. 우리는 더 나은 삶을 위해 삶을 선택할 권리가 있다는 것을, '보통의 삶'은 혁명의 명분보다 훨씬 중요하다는 것을 쿠바노들은 알고 있다.

참고문헌 및 이미지 출처

1. Fernando Ortiz,『Los factores humanos de la cubanidad』, 1940.
2. Pilar Egüez Guevara,『Sabor colonial:Crafting SavoryBodies through Cuban Music and Dance』
3. José Ricardo Díaz Caballero『A locubano…』,PublÍcaciones Acuario,Centro Félix Varela, Lahabana, 2014
4. Juan Bertrán, Dulce María S.Carrington,『El arte de ser cubano』Ediciones Cubanas,Artex, 2016
5. Fernando Ortiz,『Contrapunteo cubano del tabaco y del azúca』, 1940.

* 60쪽 그림은 일러스트 꽃비 제공
** 본문 사진은 작가 제공

쿠바에서는 사랑을 구걸하지 않는다

1판 1쇄 발행 2024년 3월 8일
1판 2쇄 발행 2024년 3월 15일

글 장희주
펴 낸 이 신혜경
펴 낸 곳 마음의숲

편집이사 권대웅
편 집 조혜민
디 자 인 김은아

출판등록 2006년 8월 1일(제2006-000159호)
주 소 서울특별시 마포구 와우산로30길 36 마음의숲빌딩(창전동 6-32)
전 화 (02) 322-3164~5 팩스 (02) 322-3166
이 메 일 maumsup@naver.com
인스타그램 @maumsup
용지 월드페이퍼(주) 인쇄·제본 (주)상지사 P&B

ISBN 979-11-6285-149-4(03810)